U0655051

每天读一句泰戈尔的诗，可以让我忘却世上一切苦痛。

——（爱尔兰）叶芝

泰戈尔 最美诗句中的
88个哲理

简澹 编著

研究出版社

图书在版编目（CIP）数据

泰戈尔最美诗句中的88个哲理 / 简澹编著.
— 北京：研究出版社，2013.4（2021.8重印）
（越读越聪明）
ISBN 978-7-80168-806-4

Ⅰ.①泰⋯

Ⅱ.①简⋯

Ⅲ.①诗集—印度—现代

Ⅳ.①I351.25

中国版本图书馆CIP数据核字（2013）第083358号

责任编辑：曾　立　　责任校对：张璐

出版发行：研究出版社

地　址：北京1723信箱（100017）

电　话：010-63097512（总编室）　010-64042001（发行部）

网址：www.yjcbs.com　E-mail：yjcbsfxb@126.com

经　　销：新华书店

印　　刷：北京一鑫印务有限公司

版　　次：2013年6月第1版　2021年8月第2次印刷

规　　格：710毫米×990毫米　1/16

印　　张：14

字　　数：185千字

书　　号：ISBN 978-7-80168-806-4

定　　价：38.00 元

前　言

　　罗宾德罗纳特·泰戈尔（1861—1941）是印度近代伟大的诗人、哲学家。他不但是印度文学史上罕见的巨匠，而且也是世界文学史上少有的大师，在诗歌、小说、戏剧和散文等领域都取得了巨大的成就，给后世留下了数量惊人、种类繁多的艺术珍品。其中，最能体现其风格特征的是诗。在印度，在世界许多国家，泰戈尔都被尊为"诗圣"。1913年，他因诗作成为第一位获得诺贝尔文学奖的亚洲人。

　　泰戈尔的诗意境优美。白昼与黑夜，溪流与海洋，落叶与流萤，无不在其笔下化为一首首优美的诗，其中的韵味厚实，耐人寻味。爱尔兰诗人叶芝曾经说过："每天读一句泰戈尔的诗，可以让我忘却世上一切苦痛。"泰戈尔的诗像珍珠一般闪耀着深邃的哲理光芒，蕴含着博大精深的人生启示，不仅能唤起人们对大自然、对人类、对世界上一切美好事物的爱心，而且也启示着人们如何执着于现实人生的理想追求，让整个人生充满欢乐与光明。

　　为了让青少年更方便快捷地汲取泰戈尔优美诗词中的智慧营养，我们编纂了这本《泰戈尔最美诗句中的88个哲理》。

　　本书为青少年量身打造，根据青少年的知识储备和认知发展，精挑细选，从泰戈尔经典诗集《飞鸟集》《流萤集》等诗集中，选取饱含智慧和哲理的88句诗，并分为七大类："关爱自己，精彩人生"；"给心灵减压，让生活轻松"；"美德在心中，行事不偏差"；"正视缺点，完善自我"；"换个角度看问题，世界大不同"；"与人相处，重在有道"；"爱是最美的语言，有爱的心不干涸"。所选诗句兼具文学性与思想性，读来犹如雨后的世界，清新、亮丽；细细思来，又如一杯清香的茶，让人回味无穷。在具体内容上，先摘录原书诗句，然后解释诗句含义，并通过短小精悍、智慧有趣的小故事，联系青少年的实际生活，进行阐释和拓展，让小读者在阅读最美诗句的同时，领略诗句背后的深意，陶冶性情，净化人格，抚育化心灵。

　　诗人是"人类的儿童"，因为他们是天真的、善良的。在现代的许多诗人中，泰戈尔更是一个"孩子天使"，他的诗如天真烂漫的天使的脸，读一读它们，就"能够知道一切事物的意义"，就感得和平，感得安慰，并且感得爱。让我们跟随泰戈尔的脚步，领略这份美丽和爱吧。

目 录
CONTENTS

第一章 关爱自己，精彩人生

第二章 给心灵减压，让生活轻松

第三章 美德在心中，行事不偏差

第四章 正视缺点，完善自我

第五章 换个角度看问题，世界大不同

第六章 与人相处，重在有道

第七章 爱是最美的语言，有爱的心不干涸

第一章 关爱自己，精彩人生

GUAN'AI ZIJI JINGCAI RENSHENG

每一个人都是独一无二的

我存在，乃是所谓生命的一个永久的奇迹。

——摘自泰戈尔《飞鸟集》第22篇

英国文艺复兴时期最重要的哲学家培根曾说过："深窥自己的心，而后发觉一切的奇迹在你自己。"我们每一个人作为社会生活的主体，都是独一无二、与众不同的。在人生的道路上都有属于我们自己的精彩和焦点，这些成绩是别人无法比拟的，我们本身就是最高的成就。泰戈尔的这句小诗也是同样的意思。下面讲述了一名意志消沉的经理懂得了上述的道理后而重获新生的事例。

有一次，一名意志消沉的经理前去寻求美国著名成功学家拿破仑·希尔的帮助，他因为合伙人的破产而变得一无所有。拿破仑·希尔于是要求他站在厚窗帘的前面，并且告诉他："你将看到这世上惟一能使你重获信心并且克服困境的人。"藏在窗帘底下的其实是一面镜子，因此，当拿破仑·希尔将这块窗帘揭开，出现在经理面前的不是别人，正是他自己。经理用手摸摸自己长满胡须的脸孔，对着镜子里的人从头到脚打量了几分钟，不禁陷入了沉思，过一会儿便向拿破仑·希尔道谢而后离去。

几个月后，经理再度现身在拿破仑·希尔面前，但他已非当时意兴阑珊的失意者，而是从头到脚打扮一新，看起来精神焕发、信心十足的样子。他告诉拿破仑·希尔："那一天我离开你的办公室时还只是一个流浪汉。我对着镜子找到了我的自信。现在我找到了一份薪水不错的工作，我确信自己从前的成功肯定还会降临。"

一个人的信心与能力通常是齐头并进的。每一个追求卓越的人都必须全力以赴面对人生的难题，只有这样，他才能成为一个真正卓越的人。当然，前提是这个人必须有足够的自信，相信自己一定可以成为成功的人。

在人生的坐标系上，如果一个人站错了位置——拿自己的短处去与别人的长处来一争长短，那将是非常痛苦的一件事。所以我们所说的自信并不是自大，它是在正确地认识到自身的情况下才表现出来的。如果不能正确地认识到自己的长短，在自己不擅长不了解的方面或领域也表现出一种强烈的"自信"，那么最后可能陷入一个让自己和别人都感到非常尴尬的结局。

有一天晚上，一艘美国航空母舰在海上航行时，突然遇到大雾，能见度相当低。船长马上跑到舰上亲自坐镇，以防发生意外。不久后，他果然看到远方有一个微弱的灯光在闪亮。船长就马上交代负责打探照灯的讯号兵，用摩斯密码指示对方："这里是USS甘乃迪号，请向东转十五度，以免发生危险。"过了几分钟，对方也用灯回应道："USS甘乃迪号请注意，请向西转15度避开。"

船长看到对方的讯号后，马上怒火上升，他认为美国海军的航空母舰是全世界最大的船，哪有让路给其他船只的道理！他下令讯号兵告诉对方："重复，这里是USS甘乃迪号，我们是航空母舰，我是船长。请立即向东转十五度，以免撞到我们。"随后对方又用灯回应："我是二等兵，我这里是灯塔，请立即向西转十五度避开。"

有一句话说：自信让我们做最好的自己。而做最好的自己就是一切都从自己做起，因为要求自己改变，比要求他人容易多了。看过这则故事，莞尔一笑的同时，我们最应当明白的是：自信与自大最大的不同，就是自大的人总是认为自己不需要改进，而需要改进的都是别人。这样，他们不但会不快乐，还会让别人不舒服。

反过来说，自信的人了解自己强的、好的一面，并清楚认知到自己是一个有价值的人。这样，他们就敢于坦然面对自己的不足、弱点，同时，他们会不断地要求自己做得更好，并很愿意向别人学习，会因自己的不断进步而感到快乐。

因此，要想成为一个充满自信的人，首先要充分认识自己，并合理地相信自己——相信自己不比任何人差，别人能做到的事情，自己也可以做到。永远记住这句话："我就是世界的奇迹。"

做自己，才精彩

> 微风对莲花私语道："你的秘密是什么？"
>
> "就是我自己，"莲花说，"偷走了它，
>
> 我就会消失。"
>
> ——摘自泰戈尔《流萤集》第34篇

　　泰戈尔的这则小诗告诉我们：保持自我，做自己。卡耐基曾说："想要快乐的方法之一就是保持自我本色。"我们不必忧虑自己与其他人有什么不同，因为我们每一个人都是独一无二的。既然这样，而我们又是那么想要快乐，那我们就做我们自己好了。我们不是大道，那我们就乐于做小径；我们不是月亮，那我们就做星星；我们不是海洋，那我们就做溪流……决定快乐的不是身份和地位，也不是金钱，而是做我们自己，保持本色。

　　莎士比亚曾经说过，老老实实的话最能打动人心。克洛石油公司的人事部经理保罗·鲍尔登面试过无数的求职者，他总结说："前来求职的人所犯的最大的错误，就是不能保持本色。他们不敢以真面目示人，不能完全坦诚，却给你一些他认为你想要的回答。可是这种做法毫无用处，因为没有人想要伪君子，也从来不会有人愿意收假钞票。"

　　山姆·伍德是好莱坞最著名的导演之一。他说，在他培训某些年轻演员的时候，最保险的做法就是尽快抛弃那些装腔作势的人。

　　保持自我本色，在成就事业上一定会使一个人出类拔萃，最终成为卓绝的人物。因为成功是不能复制的。如果一个人想要成功，那么就必须走出自己的路来。跟在别人后面的人，终生只能庸庸碌碌。凡事善于动脑子，结合自己的

个性去设计才更容易成功。

比如，有一位电车长的女儿，花了许多努力才懂得这个道理。她的梦想是成为一位歌唱家，但是，她长得并不好看。她的牙齿暴凸，嘴很大，每次在新泽西州的一家夜总会里公开演唱的时候，她总想把上嘴唇拉下来，好遮挡住她的暴牙，她想表演得"很美"，可是结果呢？她让自己怪态百出，最终还是未能逃脱失败的命运。

有一天，有一个在夜总会听这女孩唱歌的人，认为她很有天分。"我想告诉你，"他很直率地说，"我一直在观看你的表演，我知道你想遮掩什么，你觉得你的牙齿长得很难看。"这个女孩非常窘迫，但那人继续说道："为什么要这样呢？难道长了暴牙就罪大恶极吗？不要去遮掩，张大你的嘴，观众看到连你都不在乎，他们就会喜欢你的。说不定你想遮起来的那些牙齿，还会带给你好运呢。"

这个女孩接受了他的忠告，不再注意自己的牙齿。从那时候开始，她把所有的注意力放到了观众身上。她张大了嘴巴，热情奔放地唱歌，之后，她成了电影界和广播界的一流当红明星。

不管先天的条件有多么不好，只要深入地了解自己的个性，认清自己，并形成自己的品味，找到适合自己发展的方向，就足以使一个人的人生变得快乐和成功。

心理学家说，人之所以苍老，很大程度上是由于受一切外界环境和自己情绪变化的影响，而保持一颗质朴的心，保持自己的纯真本色，可以让生命永远保持健康，保持青春。许多成功者的经验告诉我们，"坚守自我"，不盲目地跟从，拿出"走自己的路，让别人去说吧"的勇气，在自己的生活中本色"出演"，这样才有可能实现自己的理想目标与价值追求。

羡慕别人不如爱自己

鸟儿愿为一朵云，云儿愿为一只鸟。

——摘自泰戈尔《飞鸟集》第35篇

　　美国著名的心理学家马克斯维尔·马尔兹曾指出："尽力'成为某一个人'是没有用处的，你就是你现在这个人。"这是因为，我们每一个人都是一个独一无二的存在，没有人能够模仿或复制别人精彩的人生。许多人羡慕别人拥有自己所没有的东西，爱把眼光投注到别人的身上，看到别人成功，便自叹不如；看到别人幸福，便自叹命苦，甚至对自身产生怀疑，对自己不满意，因而常把很多精力和时间浪费在自我否认和排斥上。殊不知我们常常在仰望着别人的幸福，却没发现我们也同时被别人仰望着，其实，每个人都是幸福的。

　　以前印度有个叫阿里·哈弗德的富裕农民，为了寻找埋藏宝石的土地，变卖了家产，出外旅行，终因贫困而死。可是，后来就是从他卖出的土地里发现了世界上最珍贵的宝石。

　　故事中农民的愚昧在于他不知道自己的土地上正埋藏着梦寐以求的宝石。我们应该做个智慧的人，接纳自己，相信自己也有埋藏着宝石的土地，看到自己身上的优点，看到自己所拥有的一切。没有人是真正一无所有的。

　　黄美廉，一位自小就患脑性麻痹的病人，脑性麻痹夺去了她肢体的平衡感，也夺走了她发声讲话的能力。然而，她从不看轻自己，努力学习，微笑着面对生活。后来，她获得了加州大学艺术博士学位，她用她的手当画笔，以色彩告诉人"寰宇之力与美"，并且灿烂地"活出生命的色彩"。在一次演讲中，当她被问及怎样取得如此成就时，她答道："我只看我所有的，不看我所没有的。"

对于自己拥有的东西常怀感恩之心，懂得欣赏自己，我们才会用一颗平常心悦纳自我、接受自我，出色地发挥自己的才能和潜力。这正是故事中的黄美廉取得成功的秘诀。

接纳自己，学会容忍自己的不完美之处，承认我们的缺点。就像打字机打错了一个字、小提琴发出一些不和谐的音响并不影响它们的价值一样，不要因为自己不完美而否定自己，放弃自己。接纳自己的人会尽自己的能力去改进自己、完善自己。

上帝在造大象的时候，一时疏忽把大象的鼻子拉得又大又长，使大象变得奇丑无比。他想为大象重新造一个鼻子，但转念一想，世界上已经有很多美丽的动物了，比如老虎、长颈鹿、天鹅、孔雀等，也应该有一些丑陋的动物才是，这样才会使世界变得丰富多彩。大象一开始不知道自己长得丑陋，它喜欢到动物中间去活动，可是，别的动物见了它后都纷纷躲开了，像是碰到了怪物。大象十分纳闷，心想，自己是一个善良温和的动物，从没有伤害过其他动物，可为什么大家如此不愿意和我在一起呢？它感到莫名其妙。一天，大象去湖边喝水，湖水清如明镜，大象仔细地看着自己在水中的影像，天哪，自己怎么这样丑陋呀，甭说别的动物不愿意和自己在一起，就是自己对自身的形象都感到害怕。为此，大象伤心极了。大象心想，上帝，你这不是有意捉弄我吗，为什么给别的动物制造出比例合适而且好看的鼻子，偏偏给我造了一个奇大奇丑的鼻子？我该如何对待这只丑鼻子？

不过，大象是心胸开阔的动物，它想，上帝不会给我丑陋的东西。既然有了这么个大鼻子，那么就用它做些事情吧。它先学会用鼻子吸水，只要自己站在河边，把长长的鼻子往河水中一伸，就很容易吸到河中的水。这样在别的动物喝不到水的地方，大象往往能够喝到水。大象还学会了用长鼻子去卷树枝树叶，作为自己的食物。由于鼻子又长又大，它能够弄到很高地方的树枝树叶。丑鼻子给大象带来了数不清的好处。由于大鼻子发挥了丑鼻子的作用，大象吃到和喝到的东西又多又好，而且由于经常使用鼻子干活，大象得到了很好的锻炼，它的身体越来越强壮。许多年之后，大象成为陆地上最为强大的动物，很

少有动物敢挑战大象。

　　一天，上帝忽然想起了大象和它的丑鼻子。上帝感到很内疚，觉得自己一时突发奇想，却给大象造成了终生的缺憾。于是，他想找到大象，给它重新造一只好看的鼻子。可是，当他找到大象时，却吃惊地发现大象的鼻子比原来大多了长多了，不但看上去并不丑，而且显得很有力量。上帝惊叹一声，说："大象是一个聪明的动物，它把自己的丑陋变成了一种力量，丑鼻子已成为大象生存的法宝，看来我没有必要再改造它了。"

　　原来，大象的鼻子之所以"看上去并不丑"，是因为"它把自己的丑陋变成了一种力量"。从故事中我们读懂了，自惭形秽是不能解决问题的，人只有接受了不完美的自己，并以此作为抗争的动力，将其转化为一种力量，才会变得更强大，更美丽，甚至创造出乎意料的成就。

　　法国的文学家法朗士曾说："我坚持我的不完美，它是我生命的真实本质。"没有一个人是完美无缺的，我们应该坦然地接受自己的全部。改变能够改变的，无法改变的就不要过度去在意，从内心善待自己，便会成为一个幸福快乐的人。

悦纳自己，发挥优势

孤单的花朵无须嫉妒丛生的蒺藜。

——摘自泰戈尔《流萤集》第72篇

正如泰戈尔所言，孤独的花儿何须嫉妒丛生的蒺藜呢？它应该知道：自己脚下的那寸土地其实更富含养分，让它孕育出美丽的花朵。它的生命在这世间有着美丽芳香的意义。它无须对自己、对生活的环境不满。

在生活当中，有的人从生下来就对自己、对生活充满了不满，天天问自己：为什么我长的这么"难看"？为什么我生在一个平凡的家庭，而不是生在富贵之家？……这些都是自己不能接纳自己的表现。心理学研究表明，人的很多心理问题是由于不能接纳自己造成的。因而，正确地面对自我、接纳自我，是获得成功必不可少的心理条件。

自知才能自信，自信才能自强，自强才能达到成功的彼岸。客观地认识自己、评价自己，才能在今后的生活、工作中充分发挥自己的优势，才能有所成就。古语言："金无足赤，人无完人。"世界上没有十全十美的东西，也没有完美无缺的人，即使再好的东西，总有一些地方比不上其他东西所具有的效用；即使再高尚的人，也有自己的缺点。

有这样一则故事：农夫有两只水桶，他每天就用一根扁担挑着两只水桶去河边担水。两只水桶中有一只有一道裂缝，因此每次到家时这只水桶总是会漏得只剩下半桶水，而另一只桶却总是满满的。就这样，两年以来，农夫天天只能从河里担回家一桶半水。

完整无缺的水桶为自己的完美无缺得意非凡，而有裂缝的水桶自然为自己的缺陷和不能胜任工作而羞愧。经过两年的失败之后，一天在河边，有裂缝的水桶终于鼓起勇气向主人开了口："我觉得很惭愧，因为我这边有裂缝，一路上漏水，只能让您担半桶水到家。"

农夫回答它说："你注意到了吗？在你那一侧的路沿上开满了花，而另外的一侧却没有花？我从一开始就知道你漏水，于是在你的那一侧的路沿撒了花籽。我们每天担水回家的路上，你就给它们浇水。两年了，我经常从这路边采摘鲜花来装扮我的餐桌。如果不是因为你的所谓的缺陷，我怎么会有美丽的鲜花装扮我的家呢？"

我们每个人都好比那只有裂缝的水桶，各自都具有这样或那样的不足和缺点。然而，有些时候，我们的缺点与不足却可以成就别人，这也就在一定程度上成就了自己，只要利用适当，取长避短，就可以化弊为利。

李小龙被誉为"功夫之王"，足见其在武功上的成就。但是李小龙并不是天生就适合练武的。

李小龙从小就近视，所以必须戴隐形眼镜。正因为如此，他才从一开始就学咏春拳，因为咏春拳最适合做贴身战斗。除此之外，李小龙的双腿还不一样长，但他并没有为此难过，而是充分发挥两腿的特点，他用左脚练习远踢、高踢，用右脚练习短促的阻击性踢法或隐蔽性踢法，近身出脚如发炮，迅猛快捷。同时，两腿的不一致使他摆出的格斗姿势优美别致，独具特色，成为一种武功流派的典型代表。

不要梦想自己有多么优秀，也不要奢望他人对你有多么高的评价，因为即使是上帝也有人不相信！因此，想要接纳自己，就要正确地认识自己。"尺有所短，寸有所长"，每个人都有短处和缺陷，每件事都有不足和遗憾，其中有些东西是可以弥补的，但有些是我们无法补救的。在这种情况下，应该勇敢地正视自己，坦然地接受，没有什么值得遗憾的。

有人说世界上没有两片相同的树叶，我们每个人都是世界上独一无二的。有史以来，曾经有亿万人生活在这个地球上，但从未曾有过第二个你，所以你有足够的理由接纳唯一的自己。如果连你自己都怀疑自己，还能指望谁会相信你？

自暴自弃只会一无所获

踢足只能从地上扬起灰尘而不能得到收获。

——摘自泰戈尔《飞鸟集》第228篇

从泰戈尔的这则小诗我们可以联想到：踢足顿脚、自暴自弃又有何用？只会一无所获。孟子说："自暴者，不可与有言也；自弃者，不可与有为也。言非礼义，谓之自暴也；吾身不能居仁由义，谓之自弃也。"自暴自弃意味着：自己残害自己、自己抛弃自己。它只会让一个人的生活情形更糟。

自暴自弃的人，会感到穷途末路、暗无天日；会自信全无，丧气悲观；会随波逐流，失去方向；会凄凉满怀，自怨自艾；会孤独度日，失去生活的滋味与色彩。

据心理学家分析，自暴自弃的人思维方式都大有问题：比如，一叶障目不见森林；一朝被蛇咬，十年怕井绳；社会是黑暗的，人人都是自私的；一条路走不通就再也没有别的路可走等等。最后导致自己的人生观、价值观发生扭曲，失去人生目标，失去理想抱负，丧失客观平静的心态，极度不自信，自己抛弃了自己，同时也抛弃了这个世界。

哲学上讲，内因才是起决定性的力量。决定自己人生的是自己，别人能做的事，我们也一定能做到！不论在任何境遇之中，都要珍重自己，不要自暴自弃。《弟子规》中也劝告世人："勿自暴，勿自弃，圣与贤，可驯致。"《周易》中有一句名言："天行健，君子以自强不息。"这些至理名言都告诉我们应像君子圣贤那样自强不息地去面对自己的人生。

有一位名叫珍妮的小姑娘,她在很小的时候,就患了脊椎病,痛苦不堪。即使是搬动她,也会使她因痛苦而晕厥多次。有时痛苦呻吟得难以忍受,甚至失去知觉。但即使处在这样可怜的境地,她也不愿和社会隔绝,所以,每天她的母亲总要读些报上的时事给她听,尤其是本市新闻。

有一天,她的母亲读了一篇评论,其中谈到许多关于女人的不幸情形,譬如夏天也不得不在厂里工作十个小时以上,而所得的报酬还不能糊口之类。她听到这篇文章之后,竟忘记了自己的痛苦,对她的母亲说道:"妈妈!你晓得我想要怎么做吗?我不能像别的人一样享受生活的幸福,可是我得做点事情。我想要在乡间找一个地方,叫这些疲乏不堪的女人,能够到那里去休息两三个星期,同时还能领到工钱!"

珍妮的意愿,她的母亲从来没有违背过,于是就赶快实行,就在这年夏季,在附近一个风景美丽的乡间,设立了"珍妮夏令营"。第一年因为房屋有限,去的人不多,到了第二年,又添了许多宿舍,就有几千个妇女能够暂时离开工厂,去享受两个星期的天堂生活。这个女孩,虽然自己命运坎坷,但是没有自暴自弃;自己虽然要忍受极大的痛苦,可是还能够替别人设想。

第三年夏季,珍妮因为听到了许多关于她的夏令营的有趣的故事,也接到那些被社会所遗弃的妇女写的表示感谢的信,于是她便对她的母亲说:"妈妈,我得去看我的夏令营。"她的母亲和医生都劝阻她,因为长距离的旅行,她要承受极大的痛苦,但她还是决定要去。

当地报纸的编辑,对于珍妮替城中被压迫的妇女所做的事,已经发表过许多称赞的文字,现在一听到她要到夏令营去的消息,就在第一版上用大字登载出来,称颂她的勇气和利她的精神。电车公司的经理看过报纸后,就去拜访她,表示愿意替珍妮特备一辆电车,从离家最近的电车站,把她送到火车站去。而铁路公司也愿意准备一节专车送她到夏令营所在的小站。还有四位青年,自告奋勇地表示愿意抬她,沿途照料她,以减少她的痛苦。

她就这样旅行到了她的目的地。这次的访问,虽然十分快乐,可是她的身体却吃不住了。这次旅行归来,珍妮失去了生命。

现在,"珍妮夏令营"还存在着,成为小珍妮的永世纪念碑——一个极有理由自暴自弃而不甘自暴自弃的女子的纪念碑!

　　珍妮虽是一个残疾人，但她并没有自暴自弃，相反地，她乐观而有爱心，所以她能有所成就！令我们同样钦佩的还有海伦·凯勒，一个耳朵不能听、眼睛不能看的女子，却成就了非凡的教育事业。全世界有太多先天或后天身体残疾的人士，他们中有许多却成为激励人心的成功人士。那么，面对困境，他们是如何培养出克服障碍、超越自我的能力的呢？

　　首先，他们都接受了自己的不幸或者自己的过错，并且，往前走。他们从前也会"怨天尤人"，但后来，"不再"花一分一秒的时间责怪别人、埋怨命运或自我责问。他们的第二个共同点是让自己身上仅存的优点变成优势，并且发挥得淋漓尽致。有些人为了修正缺点、改变坏习惯，不知花了多少精力、时间、金钱，仍徒劳无功；有些人明知自己有先天的缺陷和后天的缺点，却宁愿在优点上全力以赴，直至优点变成优势，并且有益于人类。

　　第三个共同点，也是最重要的特点，他们在"改变"以后，都极虔诚地热爱生命、了解生命的本质，换言之，是生命的光热和自身不懈的努力帮助他们走出自暴自弃的阴影，克服障碍，最终用自己生命的光和热感染、激励他人。

　　正如一首歌所唱——"不要冷漠和妒忌，要善待他人与自己，不要羡慕和自卑，要明白怎样去生活的道理。"

盲目崇拜是危险的

让睁眼看着玫瑰花的人也看看它的刺。

——摘自泰戈尔《飞鸟集》第230篇

泰戈尔这则小诗告诉我们：不要盲目地崇拜玫瑰花的美丽，如果盲目地想要揽它入怀，便会被它的刺刺伤。人的一生中，总会有所崇拜：崇拜父母、崇拜老师、崇拜偶像、崇拜领袖、崇拜自然，等等。如果崇拜超过了一定的程度，到了盲目的地步，使自己的思想行为产生严重偏差或错误，就会让别人感到荒唐可笑和反感。

生物界有一种奇怪的虫子，叫列队毛毛虫。顾名思义，这种毛毛虫喜欢排成一个队伍行走，最前面的一只负责方向，后面的只管跟从。著名生物学家法布尔曾利用列队毛毛虫做过一个有趣的实验：诱使领头毛毛虫围绕一个大花盆绕圈，其他的毛毛虫跟着领头的毛毛虫，在花盆边沿首尾相连，形成一个圈。这样，整个毛毛虫队伍就无始无终，每个毛毛虫都可以是队伍的头或尾。每个毛毛虫都跟着它前面的毛毛虫爬呀爬，周而复始。直到几天后，毛毛虫们被饿晕了，从花盆边沿掉了下来。毛毛虫的失误在于失去了自己的判断，盲目跟从，进入了一个无限循环的怪圈。

由此可见，盲目跟从、盲目崇拜不仅可笑，甚至会带来严重的危害。据最新一期美国《新科学家》杂志报道，有1/3的人患有"声名崇拜综合症"，过度沉溺于自己偶像的世界中，日久成"瘾"，危害健康。大约20%的人对其偶像的态度接近"痴迷"，他们中的很多人都有焦虑、抑郁、幻想、冷漠等表现。

如29岁的兰州女子杨某某苦追刘姓明星13年，为见其一面，导致倾家荡产，父亲卖肾。最近，当父母陪她到了香港之后，钱已花完，68岁的老父亲投海自尽。可是事情仍然没完没了，反而变本加厉，各路媒体蜂拥而至采访这个小女子，她倒是显得理直气壮，说父亲的死完全是因为演唱会上刘姓明星太忽略她了，没有满足自己的要求。

杨某某对明星的盲目崇拜已导致其家破人亡的悲惨局面，而她至此仍未反省。许多的悲剧告诉我们，盲目崇拜给人带来的危害真的不少：浪费时间，浪费财力物力，影响学业；丧失理智，危害健康；丢失人格尊严，丧失别人的尊重等等。

一个民族一旦形成全民族对某个人的盲目崇拜，灾难就可能到来。希特勒第三帝国时代青少年对希特勒的盲目崇拜，使得他们成了法西斯专政的刽子手。

盲目崇拜造成的个人悲剧和社会悲剧不一而足。所以我们必须杜绝盲目崇拜。恩格斯曾经说过："所谓天才就是站得高些，看得远些，观察得多些快些。"榜样的力量是无穷的，适度学习、敬仰很重要，但不可否认，人人都是一座宝藏，应该追求对自己潜力的挖掘，而并非盲目崇拜和追捧别人。

可怕的"不可能"

"可能"问"不可能"道:"你住在什么地方呢?"

它回答道:"在那无能为力者的梦境里。"

——摘自泰戈尔《飞鸟集》第129篇

　　印度有种驯象的方式,为了防止幼象逃跑,就把它们拴在一棵大树或是别的难以撼动的物体上。小象当然不愿被束缚,但无论如何拼命地挣扎都无法逃脱。随着时间的推移,小象的挣脱尝试都失败了,不断积累的挫败感终于发展成为完全的放弃。当小象成长为大象,即便是把它们随意拴在一根小小的树枝上,大象都不会再尝试逃跑,因为它们认为这根本就是"不可能"的。

　　当"不可能"成为大象的行为模式,习惯性的行为模式,就能够发生小树枝拴住大象的奇特现象。但是,只要我们注意观察就会发现,我们身边也有很多这样的"大象",他们从小就被训练捆绑在一棵棵的大树上:"很多事是命中注定的,试图改变命运是不可能的";"不要做白日梦了,那是不可能的"……

　　诸如此类的大树也使得我们将"不可能"作为了习惯性的思维模式,那条隐性的绳索是无论如何挣脱不开的。挣脱无形的绳索比挣脱有形的绳索更困难,因为无形的绳索就是我们"心绳",不是别人恶意地要捆绑我们的双手双脚,而是我们自己捆绑了自己,且捆得结结实实。"不可能"的"心绳"让我们自我限定,畏首畏尾,以致无所作为。

　　科学家曾做过这样一个有趣的实验。他们把一只跳蚤放在桌上,一拍桌子，跳蚤立刻跳起，跳起高度在其身高的100倍以上，堪称世界上跳得最高的昆虫！然后在跳蚤身上罩一个玻璃罩，再让它跳，这一次跳蚤碰到了玻璃罩。连续多次后，跳蚤改变了起跳高度以适应环境，每次跳跃总保持在罩顶以下高度。接下来逐渐改变玻璃罩的高度，跳蚤都在碰壁后主动改变自己的高度。最后，玻璃罩接近桌面，这时跳蚤已无法开跳了。科学家于是把玻璃罩打开，再拍桌子，跳蚤仍然不跳，变成"爬蚤"了。

跳蚤变成"爬蚤"，并非它已丧失了跳跃的能力，而是由于一次次受挫变乖了，习惯了，麻木了。最可悲之处就在于，实际上的玻璃罩已经不存在，它却连"再试一次"的勇气都没有。玻璃罩已经罩在了潜意识里，罩在了心灵上。行动的欲望和潜能被自己扼杀了！

愚昧者、懦弱者、懒惰者总是看到许多"不可能"、不敢想、不敢做。纵观历史，那些有所成就的人都是敢于突破障碍的人，相信凡事皆有可能的人，他们实现心中的梦想，完成别人口中、眼里"办不到"的事情。

20世纪初在美国有一对兄弟，他们在世界的飞机发展史上做出了重大的贡献，他们就是莱特兄弟。在当时大多数人认为飞机依靠自身动力的飞行完全不可能，而莱特兄弟确不相信这种结论，从1900年至1902年他们兄弟进行1000多次滑翔试飞，终于在1903年制造出了第一架依靠自身动力进行载人飞行的飞机——"飞行者1号"，并且试飞成功。

拿破仑说：我的字典里没有不可能。这并不是说他做任何事情都可以随心所欲地达到目的。而是他发现了一个成就大业的规律。这个规律尽管显而易见，但是大多数人却没有掌握住。即：一般人认为不可能的事情，肯定是十分困难甚至是难以想象的。因为太难，所以畏难，就不敢问津。甚至认为别人也不会去问津。而在拿破仑看来，世界上真正的大业，都是在别人看来不可能的情况下完成的。

沙漠里能够养鱼吗？不可能。但是以色列人却能在沙漠里养鱼，并发展成令人称羡的沙漠养殖业；不放一枪不用一弹可以赶走武装到牙齿的侵略者吗？不可能。但是甘地发起的非暴力不抵抗运动却赶走了英国殖民者，使印度取得独立。可见，打破可怕的"不可能"，其实一切皆有可能。

珍惜生命的每一寸光阴

死像大海的无限的歌声，日夜冲击着生命的
光明岛的四周。

——摘自泰戈尔《飞鸟集》第252篇

死亡像泰戈尔诗中那大海的潮水一样，发出摄人心魂的声响，随时有可能涌上生命的小岛。人生苦短，一辈子不过几十年的光景，人生的终点——死亡，总是像警钟一样提醒着我们：珍惜生命的每一寸光阴。古人也曾为此感叹道：一寸光阴一寸金，寸金难买寸光阴。所以，珍惜时间就是珍惜生命。

我们拥有的时间固然有限，但可以使我们的人生更加丰满；虽然我们不能让时间停留，但我们可以每时每刻做些有意义的事。成功者总是从认识自己的时间开始，从规划自己的时间起步。世界级的文学巨匠巴尔扎克正是不肯虚掷一刻的典型例子。

每当深夜12点钟，巴黎的居民进入梦乡时，巴尔扎克紧紧地拉上窗帘，在桌上点起蜡烛，开始工作，并连续写作五六个小时。

凌晨时分，他稍停片刻，喝下浓浓的咖啡，振作一下精神，又继续写下去。

上午8点钟，他休息一会儿，洗个热水澡，然后处理日常事务，接待印刷商、出版商。9点钟，他又坐回到工作室，修改文章校样，有时候大段大段地重写。这样，他又一直工作到下午5点钟。

晚上8点钟，当别人去寻欢作乐的时候，他跳上床，睡上三四个小时，然后便开始新一轮的工作。

在巴尔扎克看来，没有什么东西能比时间珍贵。在20多年的创作生活中，巴尔扎克每天工作十五六个小时，以惊人的速度，一本接一本地写出了大量的优秀作品。

名人麦金西说："时间是世界上一切成就的土壤。时间给空想者痛苦，给创造者幸福。"凡是取得成就的人都珍惜时间，善于利用时间。

鲁迅先生也是十分惜时的，他只活了56岁，却取得了许多成就。他把别人喝咖啡、聊天的时间都用在工作和学习上。鲁迅还以各种形式来鞭策自己珍惜时间，刻苦学习和工作。在北京时，他的卧室兼书房里，挂着一副对联，集录我国古代伟大诗人屈原的两句诗，上联是"望崦嵫而勿迫"（看见太阳落山了还不心里焦急），下联为"恐鹈鴂之先鸣"（怕的是一年又去，报春的杜鹃又早早啼叫）。书房墙上还挂着一张鲁迅最崇敬的日本老师藤野先生的照片。鲁迅在《朝花夕拾》中写道："每当夜间疲倦，正想偷懒时，仰面在灯光中瞥见他黑瘦的面貌，似乎正要说出抑扬顿挫的话来，便使我忽又良心发现，而且增加勇气了，于是点上一支烟，再继续写些为'正人君子'之流所深恶痛疾的文字。"鲁迅用这朝夕相处的对联和照片督促自己抓紧时间。正是因为有了这种惜时如命的精神，鲁迅在他56年的生命旅途中，广泛涉及自然、社会科学的许多领域，一生著译一千多万字，留给后人一份宝贵的文化遗产。

如果把我们生命中的时间比作土地，善于处理者，可以化为良田，变成生产的基地，收获丰厚；若不善于处理，虽然空有广大田地，也只能让荒草繁殖，满目疮痍，反而成为累赘。我们不仅要珍惜时间，而且也要对时间进行合理的规划、合理的利用，因为时间也需要管理。就像我们不仅要珍惜石油资源，在开发、利用的过程中也要讲究科学合理的原则。管理时间可以说是对时间更好的珍惜。培根说："合理安排时间，就等于节约时间。"管理好了时间，就把握好了成功的方向。以下是几点安排时间的建议：

一、时间要有计划性，要周密安排时间做事情。今天做什么，明天做什么，心中要有数，要制定计划，决不能信马由缰。

二、时间要有限制性，要定时定量做事。制定学习或者做事的目标，什么时间做什么事，做多少事，需要多少时间，要相对地定死，即自己给自己规定硬指标，是忙时还是闲时都要有责任感和自我约束能力，按计划完成，雷厉风

行，说干就干，没有特殊情况，就必须先完成规定的学习量或者工作量。

三、时间的有效性，提高单位时间内的效率。什么时间做什么事，什么时间学习效率最高，每个人要根据自己的"生物钟"和家庭环境等情况，对时间作出科学的安排。例如，利用大脑最清醒、记忆力最强的时间进行学习，就可能收到事半功倍的效果。有的人喜欢饭后茶余看看书，散步时回忆回忆以达到理解、消化的目的；有的人喜欢在白天看书的基础上，利用晚间躺下来入睡前回忆一天所看的内容，以加深记忆。

此外，我们还要善于利用零碎时间，合理调配时间。鲁迅先生说，他是利用别人喝咖啡的时间写作的。数学家科尔攻克一道200年无人解出的数学难题，就是利用了近三年的周末时间。在自考队伍中，许多自学成才者也是争分夺秒，废寝忘食，利用路上、车上、床上、厕上千百个零碎时间，才取得成功的。

人在劳动中找到自己

上帝从创造中找到他自己。

——摘自泰戈尔《飞鸟集》第46篇

我们知道，在很久很久以前，人和普通动物一样，四肢着地前进，和普通动物一样还没有聪明的大脑，没有灵活的双手。后来，人类通过劳动，渐渐的，发现了很多新鲜事物，人类也在这些劳动过程中，变得聪明能干了。劳动是整个人类生活的第一个基本条件。劳动使猿变成了人。劳动创造了人本身。

苏联著名教育家苏霍姆林斯基说："劳动，不仅仅意味着实际能力和技巧，而且首先意味着智力的发展，意味着思维和语言的修养。"俄国伟大作家列夫·托尔斯泰，用自己的一生证实：劳动是高贵而有益的。

一个谈笑风生的场合，有人话赶话地调侃托尔斯泰：你除了会写小说还能干什么？

当时在场的人都觉得这句玩笑话说得过分了，而且也不是事实。年近花甲的托尔斯泰并没有对朋友的嘲讽还嘴，不吭一声地回到家里，就忙起来了。他的"车间"紧挨着他的书房，当中一张大木台子上摆放着榔头、钳子、钢锯、锉刀等工具，墙上挂着干活儿时围的围裙……他为回应朋友的调侃，亲手制作了一双漂亮而结实的高勒儿牛皮靴，郑重地送给了大女婿苏霍京。苏霍京舍不得将老岳丈这么珍贵的礼物穿在脚上，便将皮靴摆上了书架。当时《托尔斯泰文集》已经出版了12卷，他给这双皮靴贴上标签："第13卷"。此举在文化圈里立刻传为佳话。托翁知道后哈哈大笑，并说："那是我自己最喜欢的

一卷。"

托翁乘兴又做了一双半高靿儿牛皮靴，送给了好友——诗人费特。费特灵机一动，当即付给托尔斯泰6卢布，并开了一张收据："《战争与和平》的作者列夫·尼古拉耶维奇·托尔斯泰伯爵，按鄙人订货，制成皮靴一双，厚底，矮跟，圆靿。今年1月8日他将此靴送来我家，为此收到鄙人付费6卢布。从翌日起鄙人即开始穿用，足以说明此靴手工之佳。空口无凭，立字为证。1885年1月15日。"后面还有费特的亲笔签名，并加盖了印章。

手艺是精神的标记，劳动行为体现了一个人的思想面貌。19世纪俄国重要的教育家乌申斯基有句名言："如果你能成功地选择劳动，并把自己的全部精神灌注到它里面去，那么幸福本身就会找到你。"劳动最大的益处还在于道德和精神上的发展，这种精神发展是由和谐的劳动产生的。列夫·托尔斯泰到临死都信奉："劳动，只有在劳动中才包含着真正的幸福，才能找到自己。"

美国哈佛大学、加利福尼亚大学和杜克大学的研究人员共同进行了一个实验：把参加实验的对象分为两组，一组每人赠送一件高档工艺品，而另一组则把赠送给第一组的工艺品给他们作为模型，再提供给他们各种材料，要求他们自己动手模仿制作。

结果显示，第一组的几乎所有人的高兴劲儿持续的时间都很短，相反，第二组的人当自己动手、拼装完成一件物品后，感觉非常享受，更加自豪、舒服、快乐，且对这件物品的珍惜、依恋程度也会大为增加，即使东西做得并不精美，也舍不得丢掉它。

我们在生活中也有类似的体会：我们在劳动的过程中，全身心地投入，获得心理上的极大满足和非常美妙的体验，当劳动得到他人肯定时，就更有自豪感和喜悦感。劳动灌注着我们的心血，凝结着我们的智慧，体现了我们的价值。

劳动的意义还在于：它对一个人的成长和发展至关重要。科学研究表明：劳动能促进手脑并用，促进智力发育；劳动能促进身体健康、增强体质，劳动在培养完美体魄上所起的作用，同运动一样重要。许多劳动能显示体力与技能技巧多种多样的结合。苏霍姆林斯基认为：劳动不仅使人"心地正直"，而且能使人"身强力壮"；此外，劳动还能促进良好个性品质的形成。

勤奋才能酿出成功之蜜

蝴蝶有空闲去招惹莲花，可是蜜蜂却忙着采蜜。

——摘自泰戈尔《流萤集》第158篇

从泰戈尔的小诗中我们看到：蝴蝶没有埋头苦干，只知逗留玩耍，因而它们不会酿蜜；而蜜蜂则勤勤恳恳，最终收获了香甜的蜂蜜。谁不喜欢蜜的甘甜？谁不喜欢成功时的快乐？蜜蜂以它忙碌的身影告诉人们：唯有勤奋，才能酿出成功之蜜。确实，勤奋是许多成功者的成功法则。

爱因斯坦说："在天才与勤奋之间，我毫不迟疑地选择勤奋，它几乎是世界上一切成就的催产婆。"自古以来，勤奋者多有成就。这是因为，勤能补拙，"勤能补拙是良训，一分辛苦一分才"。晚清第一重臣曾国藩是我国近代史上颇有影响力的人物，他的成就就来源于他的勤奋刻苦。

曾国藩小时候是个并不聪明的孩子，一天晚上，少年曾国藩在家读书，一篇文章重复朗读了很多遍，还是不能背下来。这时夜已深了，可背诵不下来明天学堂上肯定要挨罚，没办法，他只好不睡觉，一直在灯下诵读此文。可谁曾想，有一个贼一大早就潜入他的家中，打算等这一家的人都睡熟后偷点东西。可是这个贼左等右等就是不见曾国藩去睡觉，还是翻来覆去地读那篇文章，此时天空已开始泛白了，贼已经很累了，于是他忍不住嘲讽曾国藩道："蠢货，你这么笨还读个什么书啊，真是朽木不可雕！"说罢，便将那篇文章很流畅地背诵了一遍，然后扬长而去。

然而，曾国藩就是凭着这样的韧劲终于做好了学问，后来他甚至官至翰

林，成为大清帝国的重臣。确实，他在记忆力的天赋上比那个贼要差很多，但他却凭借着自己的勤奋努力成为赫赫有名的大人物。这充分证明，一个勤奋的人，他能够取得的成就往往比其他人要多。如果说曾国藩的故事告诉我们，笨鸟先飞，尚可领先，那么钱钟书的故事则告诉我们，勤奋能使聪明的人如虎添翼，取得杰出的成就。

钱钟书从小就聪明过人，记忆力惊人。他进清华大学读书时，就立下了"横扫清华图书馆"的志向，他把大部分的时间都用到了读书上。钱钟书的同学许振德在《水木清华四十年》一文中说："钟书兄，苏之无锡人，大一上课无久，即驰誉全校，中英文俱佳，且博览群书，图书馆借书之多，恐无人能与钱兄相比者，课外用功之勤恐亦乏其匹。"许振德后来在另一篇文章中又说钱钟书"家学渊源，经史子集，无所不读；一目十行，过目成诵，自谓'无书不读，百家为通'"。钱钟书在清华大学上学时，一周读中文经典，一周阅欧美名著，交互进行，四年如一日。每次去图书馆借书还书，总是抱着五六巨册，走路时为节约时间总是连奔带跑。他每读一本书时，必作札记，摘出精华，指出谬误，供自己写作时连类征引。据传清华藏书中画线的部分大多出自他的手笔。他的博学，使他不再是老师的学生，而成了老师的"顾问"。吴宓教授就曾推荐他临时代替教授上课，因为所有课上涉及的文学作品他全都读过。

钱钟书过目不忘、博学多识的天才气质着实令人羡慕，然而，这些都离不开他的勤奋刻苦、不懈努力。我国的学术大家季羡林先生曾经说过："勤奋出灵感。缪斯女神（古希腊神话中科学、艺术女神的总称）对那些勤奋的人总是格外青睐的，她会源源不断给这些人送去灵感。"

美国恐怖小说大师斯蒂芬·金也是一个勤奋的人。每天，天刚刚亮，斯蒂芬·金就伏在打字机前开始了一天的工作。刚开始写作时，斯蒂芬·金非常穷困，甚至连电话费也交不起。但是，他仍每天坚持写作，一年当中只休息三天，那就是他自己的生日、圣诞节和美国的独立日。其余的时间从未间断过写作，以至于他的灵感从来没有枯竭过。他说，"我从没有过没有灵感的恐慌"。

由此可见，不管做什么，不管学什么，我们要成功，就得注重培养自己勤奋的习惯。

当然，在学习上，勤奋不仅包括了学习时的态度，也包括学习专业知识时注重的深度和广度，还包括广泛涉猎教科书以外的知识的能力。一个勤奋的人能够自觉地去学习他想要的知识。

那么，怎样来培养勤奋的习惯呢?

建议一：用立志激励自己勤奋。

俗话说："有志者事竟成。"一个人如果树立了远大的志向，他就能够用这个志向去激励自己勤奋，从而实现自己的志向。然后，给自己设定一个切实可行，而又有一定难度的目标，并在学习过程中不断提醒、鞭策和鼓励自己，"我是要干……的人，我应该拿出怎样的态度好好努力……"自然而然地，就会变得勤奋。

建议二：严格要求自己。养成早起的习惯，合理地安排自己一天的学习时间，并且严格地贯彻执行。另外，给自己一些奖励，比如达到了设定标准就能得到什么。这样也能刺激自己持之以恒地勤奋用功。

学习让你不断成长

人是一个初生的孩子，他的力量，就是生长的力量。

——摘自泰戈尔《飞鸟集》第25篇

作为人，生长的力量从哪儿来？那就是学习，人是在不断的学习中发展和壮大起来的。知识就是力量，一个人只有坚持不懈地学习，他的内心、精神和他的能力才会不断地成长，变得更加强大。

现代社会的知识寿命大为缩短，知识淘汰的速度正在逐渐加快，过去所学习的知识，会很快过时。一个人如果不及时更新自己的知识，很快就会进入"知识半衰期"，很快就会被淘汰。所以，人一生都要学习，才能与时俱进，从幼年、少年、青年、中年直至老年，学习将伴随人的整个生活历程并影响人一生的发展。

"活到老，学到老"，这是毛泽东常说的一句话，也是他一生读书学习的真实写照。他常说："饭可以少吃，觉可以少睡，书不可以不读；读书治学，一是要珍惜时间，二是要勤奋刻苦，除此以外，没有什么窍门和捷径。"因此，无论是在戎马倥偬的战争年代，还是新中国成立后的建设时期，为了求知，为了解决中国革命和建设的实际问题，毛泽东孜孜不倦地从大量的书籍中汲取营养。他总是挤时间读书，有时白天实在忙不过来，就减少夜晚的睡眠时间来读书。据他身边的工作人员回忆，毛泽东每天的睡眠时间很少，有时读书就像工作一样，常常是通宵达旦。即使每次外出，毛泽东也总要带些书，或者从当地借些书来读。

任何人要想不断地进步，就得"活到老，学到老"。在学习上不能有厌足之心。我们纵观历史会发现：伟大人物的非凡才能均来自于学习，有句格言说："书山有路勤为径，学海无涯苦作舟。"想要有所作为，想要不虚度生命的人都得不断学习，以求进步。

康熙帝很小的时候就刻苦学习，每天竟达10余小时之多。至青年时，经、史、子、集便背得滚瓜烂熟。特别可贵的是，他成年以后，在治理国家的实践中，知道了自然科学的重要，便苦学起自然科学来。据史书《正教奉褒》记载：他亲自召见外国传教士中精通自然科学的徐日升、张诚、白进、安多等人，请他们轮流到内廷养心殿讲学。讲学内容有：量法、测算、天文、历法、物理诸学。就是外出巡视，也邀请张诚等人随行，以便随时讲学。西方传教士张诚在给自己国家的报告中也说："每朝四时至内廷侍上，直到日没时还不准归寓。每日午前二时间及午后二时间，在帝侧讲欧几里得几何学或物理学及天文学等，并历法炮术的实地演习的说明，甚至有时忘记用膳……"

康熙正是通过孜孜不倦的学习增强了自己的能力，成就了帝业。

专家指出，作为社会中的一个成员，要自立于这个社会之上，就必须建立属于自己的、科学合理的知识结构，使整个知识体系呈"T"字形展开，其中横向表示要有一定的宽广度，包容多方面、多学科的知识，以满足工作、生活、交往等方面的需要；纵向表示要具备相当的精深度，在专业上深刻透彻，以满足更深层次的需要。不学习就没有进步，就难以取得辉煌的成绩。有许多名人一生都在学习。

伟大的共产主义理论的奠基人马克思，他一生都在勤奋地学习，在他50多岁时，为了能更好地了解英国和俄国的历史，还先后学会了英语和俄语。还有我国著名的学者钱钟书先生，人如其名，"钟书如命"，每天都是书不离手。

著名作家王蒙对学习有过精妙独到的论述，他说：一个人的实力绝大部分来自学习。本领需要学习，机智与灵活反应也需要学习。健康的身心同样也是学会了健康的生活方式，特别是健康的心理活动模式的结果。人生有许多困惑、许多选择，当我们面临选择的痛苦的时候，可以去学习，用学习来的思想抚慰焦虑，缓解痛苦，启迪智慧，寻找答案。

使 "生如夏花之灿烂"

使生如夏花之绚烂，死如秋叶之静美。

——摘自泰戈尔《飞鸟集》第82篇

"使生命如夏花般绚烂"，不只是泰戈尔追求的，也是我们每个人希望的。我们每一个个体都像一棵树或者一棵小草，无论像树一样高大，还是像小草一般矮小，都是我们鲜活的生命，都一样能活出自己的精彩。

只要找到自己真正想做的事，全力以赴去做，你我的人生定会绽放最绚丽的花朵。

从前有一位庄园主，他散步的时候看到自己雇佣的年轻园艺师正满头大汗、勤勤恳恳地工作。他停下脚步仔细看了看，庭院的每个角落都打理得很美丽。不仅如此，年轻园艺师还聚精会神地在自己打理的每个木制花盆上面雕刻花纹。看到这个场景，庄园主觉得这名年轻园艺师很能干，于是问他：

"你在每个花盆上都雕刻花纹，也不能多拿一分工钱，为什么还要花费这么多心血呢？"年轻园艺师用衣领擦了擦额头渗出的汗珠，回答说："我非常热爱这个庭院。我把自己负责的事情做完之后，如果还有时间，就在这些木制花盆上雕刻花纹，把庭院打扮得更加美丽。我做这些事情的时候很快乐。"听了这番话，庄园主很欣赏这名年轻园艺师，觉得他手艺不错，于是就让他学习雕刻。学了几年雕刻之后，年轻人终于大获成功。这位年轻的园艺师就是后来意大利文艺复兴时期最著名的雕刻家、建筑师、画家——米开朗基罗。

米开朗基罗对自己从事的工作怀有激情，而且能从中感觉到快乐，不管能不能得到报酬，都全力以赴地制造美丽。在为花盆雕刻美丽花纹的过程中，他的人生也绽开了美丽的花朵——他对工作的热忱成就了自己人生的精彩。看来，成就精彩的机遇往往眷顾的是那些充满热忱的心。

然而，有时候，命运并不公平，会有风暴和雷电的袭击，面对困境，想要成就精彩，仅凭一颗满怀热忱的心是不够的，还需要贝多芬式的"扼住命运喉咙"的不屈意志。

史铁生是我国著名作家，他在21岁时就不幸瘫痪，后来身患尿毒症，要靠透析来维持生命，每周3次透析，1000次针刺，让他的血管变成了蚯蚓状。但是史铁生却用他残缺的身体写出了《命若琴弦》《我与地坛》《病隙碎笔》等大量优秀作品。他遭遇到的是生命的苦难，表达的却是明朗和欢乐，哲思和智慧。别人用腿走路，丈量大地，他却坐在轮椅上思考，体察心灵，他用笔杆写出了他精彩而完满的人生。

身残志不残的史铁生成就了大树一般精彩的人生，他的视野、思想和成就因他的生命高度而变得开阔。然而人的生命，就像自然界一样，奋力拼搏而成为大树的是少数，平凡、卑微的小草是多数，那么，小草似的生命怎样才能拥有自己的精彩呢？

其实，人生是否能够精彩在于一个人对待生活的态度。"生命是一面镜子，你对它笑，它就对你笑；你对它哭，它就对你哭。"一个人常带笑脸，他便拥有希望和勇气，也会在平淡的生活中拥有一份精彩。

一位喜欢摄影的长者，他印刷了一本精美的小册子，里面收集的都是他拍摄的一些不同人物的笑脸。

有一次，他的一位朋友在跟他喝茶聊天的时候，问道："这本册子里面收集的都是一些笑脸的照片，你不觉得单调吗？"

他却微笑着反问："你说，太阳单调吗？"

然后，他翻开那本小册子，指着其中一幅男孩笑脸的照片说："你看，这个小男孩笑得多幸福啊！其实，他刚刚经历了一次生死考验。他是一名先天性的心脏病患儿，因为成功地接受了医生的手术，生命才得以延续。你看，他的笑容里面不是充满了希望吗？我们每个人都应该为他祝福啊。"

继而，他又指着一个中年男子的笑脸说："这是一位在制窑场打工的父亲，从他笑脸上的皱纹里能感觉出他一定吃了很多苦。但是，当他说起在北大读书的女儿时，他所有的劳累瞬间都被笑容蒸发掉了。你从他欣慰的笑容中完全能够感觉到，这位平凡的父亲是多么伟大啊。"

……

几乎在他拍摄的每张笑脸背后，都蕴藏着一个感人的故事。看到画册的朋友的心情，也随着那些灿烂笑脸背后的故事，变得快乐起来。

最后，他意味深长地说："你不觉得每张笑脸就是一个太阳吗？"

我们知道：太阳，每天都从东方升起，在西方落下，往往会使我们误认为它总是一个模样。其实，每一天的太阳都是不同的，每一天都会给我们带来一个全新的世界。每张笑脸里面，都蕴含着淡定、希望和勇气，泛现着爱意。所以，每张笑脸就是一个太阳，就像太阳一样灿烂温暖。也正是因为这些灿烂温暖，生活才会充满感动、充满精彩，人生才会尽显光华。

让我们热爱生命、热爱工作、笑对生活，无论自己是大树还是小草，都要努力发光发热。

第二章 给心灵减压，让生活轻松

GEI XINLING JIANYA RANG SHENGHUO QINGSONG

"忘掉"目标，活在当下

春在寒冬的门前踌躇，可芒果花急性地在她的时间未到时就奔向他，于是便遭了厄运。

——摘自泰戈尔《流萤集》第77篇

泰戈尔的这首小诗说明：芒果花急着想要早些开放，便冻死在寒冷的冬天。"欲速则不达"，花儿的绽放也需耐心等待，做任何事都是如此，下面一则故事也说明了这个道理。

日本近代有两位一流的剑客，宫本武藏和柳生又寿郎。

当年，柳生刚刚拜宫本为师时，就迫不及待地问："师父，您是过来人，慧眼如炬，您看，根据我的资质，要练多久才能成为一流的剑客？"

宫本答道："最少也要十年吧！"

"十年，是不是太久了！"柳生问道，"师父，我是个意志坚强的人，假如我加倍苦练，多久可以成为一流的剑客呢？"

宫本答道："那就要二十年了。"

柳生一脸狐疑，又问："假如我晚上不睡觉，夜以继日地苦练呢？"

"那样的话，就是三十年你也不会成功。"

柳生非常吃惊："为什么越努力反而用的时间越长呢？请您告诉我，这是什么道理？"

宫本平和地答道："你的两只眼睛都只盯着成功，怎样还能成为一流的剑客呢？记住，要当一流剑客的先决条件，就是必须永远保留一只眼睛注视自己，时时反省自己。"

柳生听了，茅塞顿开，终成一代名剑客。

正如柳生，生活中的多数人，总梦想着享受"成功"，两眼死死地盯着"成功"，却忽略了成功也需要过程。他们把目标看得高于一切，却忘记了成功的所有意义和快乐，其实正藏在通向目标的过程中。

人生是不断求索、不断前进的旅程，所有我们想要的东西，都不会立刻如愿呈现，只有不断地努力，脚踏实地地做事，成功才会在不经意间来到我们的身边。有时，我们更需要的是"忘掉"目标，去耐心欣赏沿途的风景，否则，即便有一天，我们达成了"目标"，却没来得及享受生命的过程，而时间却回不去了。

佛家常劝世人"活在当下"。一句"活在当下"，从人生现实的角度来说，这也是提醒我们坦然无求地面对现实。不必后悔过去，不要强求未来，认真对待生活的每一刻，"当下"才是生活的真实状态。

未来是由现在所产生的，如果我们能照顾现在，那么我们就是照顾未来。如果这个片刻很美好、很愉悦，下一刻也会很美好、很愉悦。生命的质量取决于每天的心态。眼下心情好，才能今天心情好；今天心情好，才能每天心情好；每天心情好，才能体悟到别人体悟不到的人生精彩。

1871年春天，年轻人威廉·奥斯勒拿起了一本书，读到了对他前途有莫大影响的一句话："最重要的就是不要去看远方模糊的事，而是做手边清楚的事。"他是蒙特瑞综合医科的学生，生活中充满了忧虑，担心通不过考试，不知道自己该做些什么事情，怎样才能开创事业，怎样才能生活……

然而，这位年轻的医科学生自从看到那一句话后，彻底改变了自己的命运，最终成为一代名医。他创建了全世界知名的约翰·霍普金斯学院，成为牛津大学医学院的讲座教授——这是学医的人所能得到的最高荣誉，他还被英国国王册封为爵士。他死后，需要两大卷书——达1460页篇幅，才能记述他的一生。

这句由名士汤玛士·卡莱里所说的一句话，帮他开创了成功的人生。

可是，很多人常常忽略了"现在"。他们总是被未来的忧虑控制着，急切而浮躁地渴盼着一切，却忘了最重要的东西——现在的幸福快乐。

人们总是逃避现在，幻想着将来，以为现在一切生活都是为了将来某一天而做的彩排，经常说服自己，"有朝一日"会比今天更好。就像约翰·列农曾说："生活是在我们忙于制定其他计划时所发生的一切。"

我们幻想在将来的某一刻，自己的生活将得到改观，所有问题都得到了解决，一切都安排得井井有条，找到了幸福的感觉。这一特殊时刻，比如是毕业典礼，或是获得晋升通知的那一刻，到那时，自己"真正"的生活才开始了！然而，当我们忙于制定"未来计划"时，却错过了现在的生活。

其实，一味地憧憬、希冀和后悔，是最常见也是最有害的"策略"，最好的策略便是学会将我们的注意力拉回到现在。尝试一下，专心致志于自己的"现在"，专心致志于原先被逃避、忽略而白白流逝的美好时光，这样会使得体验变得格外美好。

被称为"今天"的这一天，其实充满了机遇、喜悦、趣味和成功。过去已过去，未来是幻影，只有"今天"完全属于自己，所以要创造性地度过这美好的一天。只有把握每一个"今天"，心里描绘的那幅"远景"才能付诸现实。

事实上，再也没有比"今天"、比"现在"更适于快乐的时间了。如果不是现在，那又是什么时间呢？我们的生活中永远充满挑战，最好让自己承认这一点，并决心去享受现在的快乐。

放慢脚步，静下心来

静静地坐着吧，我的心，不要扬起你的尘土。
让世界自己寻路向你走来。
——摘自泰戈尔《飞鸟集》第190篇

我们知道浓墨铺满的画并不好看，画国画要讲究"留白"，在没有墨水的地方，显水天之空灵，凸画意之深远，谓之留白天地宽。我们的生活也需要留白。有些心怀大志的人，为了珍惜人生的光阴，习惯于将每天的日程排得满满的，不停地劳作，不停地奔波。然而太过劳累，学习和工作的效率并不高，因此苦恼愤懑。《菜根谭》里有句话："忧勤是美德，太苦则无以适性怡情。"过于辛苦的投入，则会失去愉快的心情和生活的乐趣。许多时候，我们需要放慢脚步，静下心来，冷静思考自己做出的选择，用心感受生活细节的诸多美好。

曾看到过一个成功人士的访谈记录，他说："如果用十分的力气，算是竭尽全力的话，我只会用八分，我要用余下这两分的时间和精力去注意天边的云霞，去凝视远处的山峦，去留意水中的涟漪，去聆听父母的叮咛，去欣赏爱人温柔的眼神和孩子纯真的笑脸……我要放慢脚步，尽自己的可能去发觉、去欣赏人生旅途中的每一道风景，而不是不留余地匆匆赶路。"

生活不是速度的竞赛，匆忙并不意味高效。金庸说："我的性子很缓慢，不着急，做什么都是徐徐缓缓，最后也都做好了，乐观豁达养天年。"放慢脚步不是无所事事，是蓄势待发，是积极、高智、从容应对生活的方式，能让我们的生活更加高效、优雅。

有一天，有一位公司的老板来拜访卡内基先生，这位老板在业界一直以忙碌著称。看到卡内基先生干净、整洁的办公桌，这位老板非常惊讶。于是问他："先生，你没处理的信件放在哪里呢？"

卡内基回答他："我所有的信件都处理完了。""那你今天没做完的事情又推给谁了呢？"老板又追问。"我所有的事情都处理完了。"看到这位公司老板困惑的神态，卡内基微笑着解释说："原因很简单，我知道需要处理的事情很多，但我的精力有限，一次只能处理几件事情，于是我就静下心来想一想，按照所要处理的事情的重要性，列一个表，然后依次处理。"

"我明白了，谢谢您！"这位老板匆忙地回去了。

几周后，这位公司的老板请卡内基参观他宽敞的办公室，他一改先前忙碌不停的作风，风度翩翩地介绍说："卡内基先生，感谢你教我处理事务的方法。过去，在我这宽大的办公室里，文件、信件堆积如山，因此得动用三张桌子，我整天被困在这些文件中透不过气来，加班是每天都必须的。自从用了你说的方法之后，我慢下来，一切都改变了。你瞧，再也没有处理不完的文件了。"

这位老板就这样慢下来，找到了处理事务的方法。后来，他成了业界人士中的佼佼者。

一个真正会学习、会工作、会生活的人应该做到"努力出汗不出血，拼脑拼劲不拼命"，拥有了这样的目标，才能拥有积极而又健康的生活。有些勤快人的"勤"，大多表现在他们整天忙忙碌碌，不在乎把力气花在多余的事情上，或者做一件事不在乎往来多少趟、花多少时间，这样是不会有效率的。

慢下来，静下心来，让自己从所做的事情中得到一种享受，改变因为太快而身不由己、来不及思考的"陀螺"态，是在这个浮躁时代保持一份清醒、一份独立和一份幸福的重要秘诀。

一个牧师曾在他的布道词里讲过这样一个故事：上帝给我布置了一项任务，让我牵一只蜗牛去散步。我心中很纳闷，可又不便推辞。尽管蜗牛已拼尽全力爬行，但每次都只是挪进那么一点点。我前行的速度完全被限制了。我又急又气。可是无论我如何催促、吓唬、责备乃至哀求，蜗牛仍然是慢慢腾腾的，还不时以抱歉的目光看着我，仿佛在说："我真的已经尽全力了！"

蜗牛"蜗行"的慢性子让我实在怒火中烧，禁不住对它又拉、又扯、又踢，最终把它弄伤了。蜗牛流着汗，喘着粗气，爬得更慢了。我真的想丢下它不管，但又苦于无法向上帝交待，只好无奈地任蜗牛向前爬，而我在后边生闷气。

待我放慢脚步、静下心情之时，忽然闻到了花香，我定睛一看，啊！原来这里是一个大花园。花园里开满了五颜六色的鲜花，姹紫嫣红、争相斗艳，蜜蜂在花丛间翩翩起舞，鸟儿在枝头引吭高歌，微风吹过，一阵醉人的花香扑鼻而来，多么美好啊！

以前怎么没有这些体会？霎时，我猛然醒悟：原来上帝不是让我牵蜗牛去散步，而是让蜗牛"牵"我去散步！

在这个"时间就是金钱，效率即是生命"大行其道的时代，我们追求"永无止境"，我们坚忍不拔、勇往直前，我们在忙碌中疲于奔命，生活的乐趣就在这一连串的赶、追、跑中被自己无情地剥夺了。

每个人都希望拥有成功、快乐的人生，秘密就在于你有没有给自己时间。我们常说生活是一门艺术，而艺术是讲究创造与欣赏的，它需要你花时间和心思在其中。生活应该是精致而美丽的，它充满乐趣和美好的体验。

生活中放慢脚步，才能看到大自然的美好，才能领悟到生活的真正内涵。现代人匆忙、急促的脚步使人们忘却了生活中还有美好的东西就在眼前、就在身边，过于赶路往往错过了周边美好的风景。其实，放慢步伐，为心灵放个假，对我们有莫大的好处：我们可以认真审视自己走过的路，为接下来的生活调整方向。

"唯有偷闲人，憨憨直到老"。人的命运在大自然面前或在社会生活中不过是一粒微尘，好在我们还能尽情山水，用双脚丈量美丽的土地，用心灵呼吸自由的空气，"秋至满山多秀色，春来无处不花香"的生活就在眼前，让我们"偷得浮生半日闲"，静下心来去享受，给自己一点思考和体验的空间。

让大自然美育我们的心灵

这树的颤动之叶，触动着我的心，像一个婴儿的手指。

——摘自泰戈尔《飞鸟集》第262篇

这句小诗描述了泰戈尔的心被大自然所触动、震撼。其实，许多久居都市的人都曾有过这样的体会：心烦意乱时，来到僻静的山谷江畔，面对连绵起伏的山和碧波荡漾的溪水河流，会感到一种解脱和自由。亦或是久雨放晴后，登山望远，天，湛蓝湛蓝，一尘不染，湖泊，明镜一般。天上的云，更是水洗似的洁白，如一片片飘动的纱，远处的河，如一条闪亮的玉带……面对大自然这样的美景，我们都会感到心情舒畅、心旷神怡。自然美景能带给我们丰富的审美感受，触动我们的内心，震撼我们的精神，或是安详、恬静、温柔的感受，或是吐纳日月气壮山河的豪情。

梁启超曾经说过："人类任操何种卑下职业，任处何种烦劳境界，要之总有机会和自然之美相接触，所谓水流花放，云卷月明，美景良辰，赏心乐事。只要你在一刹那间领悟出来，可以把一天的疲劳忽然恢复，把多少时的烦恼丢在九霄云外。"

大自然确实能让我们淡忘现实生活中的一些纷繁和烦恼，这种作用，用恩格斯的话来说，是伴随着"幸福的战栗"而降临的。他曾这样叙述过大海的自然美所具有的神奇疗伤效果：

"望一望远方的碧绿的海面，波涛汹涌翻腾，永不停息。阳光从无数闪烁的镜子中反射到你的眼里，碧绿的海水同蔚蓝的镜子般的天空和金色的太阳熔化成美妙的色彩，于是你的一切忧思，一切关于人世间的敌人及其阴谋诡计的回忆，就会烟消云散，你就会溶化在自由的无限的精神的骄傲意识中。"

所以，当我们不开心的时候，不妨走出去，去拥抱自然，让好奇的眼睛在天地间读出大美，让心在与自然的交流中感到无比的欣喜和满足，不知不觉间，在自然的怀抱里，烦恼就会消失得无影无踪。

卢梭说："善良的人性存在于纯洁的自然状态之中。"春秋末期的孔子也充分注意到自然美对心灵的美育作用。在这方面，他不但有"岁寒然后知松柏之后凋也"的名言，而且提出了"智者乐水，仁者乐山"的精妙论点，强调自然美育与人生道德修养的联系。

更加触动我们的是海伦·凯勒在自传《假如给我三天光明》中曾深情回忆她所受到的大自然的美育：

繁花似锦的夏季来临，莎莉文小姐牵着我的手漫步在田纳西河的岸边，望着田野、山坡，人们正在田间地头上播种。我们在河边温软的草地上坐下，开始了人生新的课程。在这里，我明白了大自然施与人类的恩惠。我懂得了阳光雨露如何使树木在大地上茁壮成长起来；我懂得了鸟儿如何筑巢，如何繁衍，如何随着季节的变化而迁徙；也懂得了松鼠、鹿和狮子等各种各样的动物如何觅食，如何栖息。我了解的事情越多，就越感到自然的伟大和世界的美好。

莎莉文小姐先教会我从那粗壮的树木，那细嫩的草叶，还有我妹妹的那双小手领略美的享受，然后才教我画地球的形状。她把对我的启蒙同大自然联系起来，使我同花同鸟结成愉快的伙伴。

观赏自然美能够陶冶性情，愉悦身心，孕育出美好的自然情感。海伦正得益于这样的教育。观赏自然美还可以领悟人生、砥砺品格，于潜移默化之中确立高尚情操。陶渊明之赏菊、周敦颐之爱莲、郑板桥之咏竹，皆于字里行间表现了他们借赏景而修身自勉或明志砥行的旨趣。

大自然的美是丰富的，亲近养育我们的大自然，感受自然的魅力，聆听自然的声音，可以陶冶人的情操，增加人的内涵。有什么比大自然更能使人感受到智慧的启迪？在厌烦之时，借助山水，荡尽胸中尘埃而获得重新奋起的力量。

心要像黄昏一样平静

忧思在我的心里平静下去，正如黄昏在寂静的林中。

——摘自泰戈尔《飞鸟集》第10篇

正如泰戈尔所言，黄昏是万物开始息声的时刻，一切都会渐渐平静下来。对于平静，庄子说："水静则明烛须眉，平中准，大匠取法焉。"平静的水面像镜子一样，可以照出须眉，也可以保持一定的高度，随着雨水的增加，还能不断地提高水平；平静的水面哪怕是一丝清风掠过，也会皱起涟漪，让你看不清自己；而奔腾的河流虽然汹涌澎湃，气势壮观，却是一日千里地向下、向下再向下，直至湮灭在浩瀚的大海。在汹涌的漩涡中只能随波逐流，在一泻千里的瀑布下无法找到定位，更是无法掌握自己的方向和命运。

内心不平静，就不会有真正的幸福。当下的时代，平静是真正的奢侈品。生活节奏加快，各个领域的竞争激烈，很多人都心情烦躁，身体疲惫，像飞在海面上的鸟，又累又烦却无法停止扇动翅膀，这样的生活就算物质充裕，也因为内心失去安宁，而没有太多的幸福感。其实，让自己安静下来，看一本书、听一首歌、练练书法、写一行诗，只要宁静、淡泊，随时调整自己的心态，就会活得充实、轻松、健康、自在。

明朝名医万全在《养生四要》中说："心常清静则神安，神安则精神皆安，以此养生则寿，没世不殆。"清代大养生家曹廷栋在《老老恒言》中则说："养静为摄生首务。"意思是说，当人心平气和时，精神处于安静放松状态，血压、呼吸、心率均会正常。国民党元老、101岁的高寿老人张群先生健在时谈他的养生秘诀："只有心静的人，才会长寿。反之，无论你再注意饮食，再注意锻炼，如果心里不能清静的话，所有一切都会白费力气的。"

心中宁静，就不会困于喧嚣的市井，不会被流言蜚语扰乱心智。心中宁静，意味着能静下心专注于自己的目标，沉下心努力朝自己的目标进发。下面一则关于青蛙的寓言故事给我们许多启示。

有一大群青蛙，在一起玩。有一天它们看见远处有一座塔，其中一只青蛙就说了，我们一起爬到那个塔顶上去怎么样，看看那上面到底有什么？于是一大群青蛙蜂拥而上，一起往塔上爬。爬到半中间的时候，其中的一只青蛙停了下来，说我为什么这么傻？听它的，这么辛苦要爬到塔上去。渐渐地又有许多青蛙感到累了，它们都在议论："这太难了！我们肯定到不了塔顶！""塔太高了！"听到这些话，一只接一只的青蛙开始泄气，除了情绪高涨的几只还在往上爬。群蛙继续喊着，"这太难了！没有哪个能够爬到塔顶的！"

越来越多的青蛙泄气了，退出了比赛。而只有一只青蛙好像没听见，还是继续往上爬，慢慢地，它就爬到了顶上。等它回到了地上，所有的青蛙都围了上去，问它为什么这么棒，但它只是呆呆地看着大家，不说话。后来才知道，原来这是一只聋子青蛙！

聋子青蛙由于听不见，在往上爬的过程中不受同伴的干扰，倒能保持平静的心态和努力的劲头，这是它最终成功爬上塔顶的原因。在适当的时候，我们也要让自己屏蔽掉周围环境中的一些言论，让自己的心保持宁静，坚持自己的目标。

其实，要保持平静的心态并不难，只要我们学会做到以下几点：

首先要学会节制，不要物欲太多，因为人的欲望是无止境的。当一个人欲望像无底洞一样，就会吸附他所有的快乐和幸福，他永不满足，永远觉得别人更好。当一个人学会满足的时候，即使是最微不足道的细节，也会给他带来无与伦比的幸福。幸福有时候其实很简单。

其次，放平心态，只管耕耘不问收获，才是最佳的策略。在追求梦想的过程中，应该脚踏实地，不要一次又一次观望远处的目标，觉得太遥远无法到达，胡思乱想才是痛苦的根源，正视自己，设计出一个合理的目标，慢慢做出

计划，脚踏实地完成每一天的任务。过程比结果重要，如果尽力了，不管成功与否，我们人生的境界便会得到提升，总会比对自己梦想没有任何实践的人更多了许多人生的体验。努力一定会有收获。所以，我们不要急功近利，而应心平气和地对待梦想和目标。

第三，要学会果断地处理和解决长期困扰自己让自己痛苦的事情，比如我们万分不满意做得太辛苦的事情，这个时候一定要果断，该扔就扔，该换就换，不要心慈手软抱有幻想，因为很多时候环境会严重地影响心境，只要离开那个环境，我们的心便不会像阴深的大海一样，永远暗无天日波浪起伏，也不会像原来那样，心乱如麻。

面对社会的纷纷扰扰，一颗平静的心足以让幸福不被打扰。当你能够怀着淡然心态去享受生活给予你的一切美好和考验，每天做值得做的事，想有意义的事情，这时幸福就在你的身边，你发现了吗？

顺其自然，收获奇迹

我的心向着阑珊的风张了帆，要到无论何处的
阴凉之岛去。

——摘自泰戈尔《飞鸟集》第218篇

这首小诗可以解读为：让我们的心顺其自然吧！在这个世界上，自然界的许多生物选择顺其自然，这是它们最佳的选择。同样，人在生活中选择顺乎自然、顺乎本性，也不失为聪明之举。

河堤的树丛里，有三只毛毛虫，它们是从很远的地方爬来的。现在它们准备渡河，到一个开满鲜花的地方去。

一只说，我们必须先找到桥，然后从桥上爬过去。只有这样，我们才能抢在别人的前头，找到含蜜最多的花朵。一只说，在这荒郊野外，哪里有桥？我们还是各造一条小船，从水上漂过去，只有这样，我们才能尽快到达对岸。

一只说，我们走了那么多的路，已经疲惫不堪了，现在应该静下来休息两天。到时候，也许自然就有办法了。另外两只很诧异。休息？简直是笑话！没看到对岸花丛中的蜜都快被喝光了吗？我们一路风风火火，马不停蹄，难道是来这儿睡觉的？话未说完，一只已开始爬树，它准备折一片树叶，做成船，让它把自己带过河去；另一只则爬上河堤上的一条小路，它要寻找一座过河的桥。

而剩下的一只毛毛虫真的躺在树荫下没有动。它想，畅饮花蜜当然舒服，但这儿的习习凉风也该尽情享受一番。于是，就钻进一片树林，找了一片宽大

的叶子，躺了下来。河里的流水声如音乐一般动听，树叶在微风中如婴儿的摇篮，它很快就睡着了。不知过了多少时辰，也不知自己在睡梦中到底做了些什么，总之。一觉醒来，它发现自己变成了一只美丽的蝴蝶。它的翅膀是那样美丽，那样轻盈，轻轻扇动了几下，就飞过了河。此时，这儿的花开得正艳，每个花苞里都是香甜的蜜汁。它很想找到两个伙伴，可是，飞遍所有的花丛都没找到——因为它的伙伴一个累死在路上，另一个被河水冲走了。

由此可见，顺其自然是一种平和安然的境遇、平衡融洽的状态、健康和谐的生命立场。顺其自然，我们会收获一份宁静淡然，生命的元气由此得到滋养，就会慢慢积淀更强大的力量，奇迹有时候便会在这样的生命状态中铸就。

19世纪朝鲜最著名的商人林尚沃，就是凭着自己顺其自然的理念，书写了自己极富传奇色彩的人生。

一天，有三个穷小伙不约而同来向他借钱，都说是要去做生意。林尚沃答应了，不过先只给他们各1两银子，要看5天后能赚多少钱再作决定。第一个小伙用银子买草绳做草鞋，挣了5分银子；第二个小伙买来材料做风筝，正赶上春节，好卖，挣了1两银子；而第三个则说，1两银子能干什么呢？他拿了钱就去吃饭喝酒，花到只剩1分，就买了张纸托人给林尚沃捎了一封信：我要去寺庙里读书，请提供些开销。林尚沃让人送了10两银子去寺庙。

5天很快过去了，林尚沃决定借给编草鞋的100两银子，借给做风筝的200两银子，而借给第三个人1000两银子。有人不解，问何故。

林尚沃说："编草鞋的兢兢业业，不浪费一分钱，不会饿死，但也成不了富人；做风筝的比编草鞋的聪明，有头脑，善于把握时机，但仅看到眼前的时机是不够的，他也许能成为富人，但成不了巨富；至于那书生，不为钱所累，顺其自然正是赚钱的最高境界。如果为钱拼命，根本挣不到钱；如果过分追逐，事业肯定失败。"

1年后，编草鞋的还清了本息，还开了1间铁匠铺；做风筝的贩卖盐和干海货，已经开了5间店铺；而写信的小子6年后才回来，向林尚沃借10辆牛车，并要求安排些人。林一一应允。10天后，10辆牛车装满了质量上乘的6年人参回来了，所有人都大吃一惊，连林尚沃也感到意外。10辆牛车的人参值10万两白银。

那人道明了原委：他开始很穷，第一次借到了做生意的本钱时，他更想吃顿饱饭，吃饱喝足了后，他便想满足上学读书的渴望。第二次收到林尚沃给他的借款后，他已经念完了书，决定开始做生意。他喜欢深山老林的生活，偶尔也喜欢喝喝酒。他便用借来的钱全部买了人参种子，在深山老林里选中一处背阴的山坡，将种子随风撒下。然后开了家酒馆。6年过去，那片山坡已成参田，为他带来了巨额财富。为报答林尚沃，货值10万两白银的人参他只要了5万两，没费太大的力气挣了笔巨款，结果皆大欢喜。

不去刻意追逐，顺其自然者成大器，这是林尚沃的识人之道。他深知：成功有时并不需要刻意而为，一个人执着于目标苦苦追求，反而会为其所累；只有懂得放下，放下渴望成功的那颗心，顺其自然，才能得到最大的成功。

不过，放松心态、顺其自然并不代表可以随意而为。故事中的第三个穷小伙一直是有人生规划和目标的，先是吃饱饭，然后读书，最后做生意。顺其自然并不是漫无目的、庸庸碌碌。只是说在顺其自然的心态下更容易保持最佳的心理状态，从而充分发挥自己的水平，施展自己的才华，终将实现圆满的自我。

保持一颗纯真的心

上帝等待着人在智慧中重新获得童年。

——摘自泰戈尔《飞鸟集》第299篇

谁最会享受生活？谁最能充分把握快乐的源泉？正如小诗所述，是纯真无邪的人，保持一颗纯真的心，才能把握每一天中的"特别的快乐"。纯真之人的快乐是最简单、最真实的，也是最容易实现的。一朵花、一缕阳光便能使他感觉生活足够美好。

保持纯真本性的人在许多时候像无忧无虑的孩子，特别快乐。天性纯真的人不善心计，不懂狡猾，不设防，不做假，不揣摩人，也不怕被人揣摩，因此省出了很多要滑使坏和布防设防的时间，好去领略生活的美好。

曾红极一时的电视剧《士兵突击》中的许三多脑子笨，性格执拗，思维简单。这与他小时候成长的环境很不好、家庭成员整体素质不高有很大关系。他日均话语量低达1.03句，生活单调。这个主角平凡得不能再平凡，然而他却取得了成功，在部队里获得了许多成长和进步，获得了许多人对他真诚的信任和喜爱。这应该如何解释呢？

他如同一个孩子，用双手蒙着眼睛，一直不敢睁眼看世界。他被人使劲掰开手来，手指一点点张开缝来，看到天空的一点蓝，他便开心地笑；看到花儿的一点红，乐呵呵地笑；看到湖泊的一点绿，开怀笑。他一点点这样被充满，一点点这样打开心怀。他总是保持着那么可爱的单纯，像远离市区的菜地长出的韭菜，齐刷刷往上长，来不及被污染；像夏日早晨跳出来的太阳，没有雾气弥漫，不被云朵遮盖；做事没有名利心，没有得失感，只为了单纯的人性："好好活，做有意义的事"。

一个想要时常拥有快乐的人，想要成功的人，都不能没有纯真，历史上许多超越平凡成就伟大的人都明白纯真的可贵。鲁迅，看透了世间的黑暗而没有被黑暗吞没，关键也在于他保持着一颗纯真的心。他曾说："我希望常存单纯之心，并且要深味这复杂的人世间。"许多人只看到"复杂的人世间"，而忽略了保持一颗纯真的心的可贵。文化和时政批评家余杰曾说，鲁迅正是有这颗心作底子，他才能用笔写下"活的中国"。

我们应该意识到纯真的可贵，社会和生活多少有些复杂，我们难免会迷失自己的方向，困住自己。我们应该时常自省，适时地跳出来，重新提醒自己不要丢失了最初看世界的心态，这样我们才会更加清楚地知道自己现在的位置，更加清醒地认识自己，更好地继续前行。这是因为：纯真的心可以抛除偏见，正确地认识、判断事物。纯真的心让人谦虚，让人乐于听取大众的意见。能够集合众人的智慧，这样的人更容易成功。纯真的心也使人宽容、慈悲。不苛刻、不绝对，因此比较能看到别人的长处，也能灵活应变，突破创新。

我们在生活中会发现，纯真的人往往更受人欢迎。纯真的人眼里不会有名利和等级，不会把自己看低，他总是持平常心看待人和事。因此，不管在哪，他总能大方自然，不卑不亢。这样的人往往更有魅力。下面的故事正可以解释纯真的这种魅力。

笨汉汉斯和他的两个哥哥去向公主求婚。两个哥哥都有自己的特长，只有汉斯被认为没有学问，所以大家都叫他笨汉汉斯。在路上，汉斯的两个哥哥就一直在斟酌可能用得上的词句，而汉斯却愉快地唱着歌曲，快乐地玩耍，结果招来哥哥们的阵阵嘲笑。向公主求婚时，两位哥哥虽然有才华，却因为太过紧张和害怕，没能向公主展示出来，只会说"这儿太热了"，而败下阵来。

轮到笨汉汉斯了，他一点也不像两位哥哥那样紧张，和公主有说有笑，以自己独有的幽默和纯真气质赢得了公主的爱情，赢得了王位。

可见，如果一个人拥有了一颗纯真美好的心，他就不乏率真与自然，对世界对未来就会有美好的期待与向往，就会多一份不同寻常的活力，从而更容易打动人心，取得成功。

简单朴素是最本质的美

太阳穿一件朴素的光衣。白云却披了灿烂的裙裾。

——摘自泰戈尔《飞鸟集》第112篇

像小诗中的太阳一样，世界上许多伟大事物或者最高境界的共同特征是什么？简单朴素。我们的世界原本就是简单朴素的。比如，我们的世界，从"红黄蓝"三种基色出发，"生产"出一个绚烂多彩的世间。人的形成也是简单的，从一个"爱的过程"，从一个小小的细胞开始，经过十个月的孕育生成。天地间的万事万物都是从简单启程，简单而终。

道家观点："大道至简"，这与大音希声，大象无形、大味至淡等是一个意思。"大道至简"意思是大道理（指基本原理、方法和规律）是极其简单的，简单到一两句话就能说明白。

大厨的一个秘诀——好厨师一把盐。盐——最基本的调料，不可被忽视。若是盐放得恰到好处，几乎无须太多的调料，就有好的味道。倘若在基本功放盐这个环节上，多下点功夫，是否会事半功倍？

人生中有些物质像盐一样，以最基本方式、最朴素物质贯穿生活。往往，我们真正需要的是一些简单质朴的东西，例如，阳光、空气、健康和很好的睡眠，这些基本的元素正如恰到好处的盐，能把生活调出很好的味道。

大道至简，简是胜的法则。武林高手在出手时总是一招制敌，击中要害，绝对不会大战300回合才击倒对手；高明的医生总是一针见血，药到病除，绝对不会开名目繁多的药物骗钱；精明的商人一招领先，步步领先；高人指点一语道破天机，不用太多言语……

一个成功的大企业，它的经营模式一定是简单的；一个伟大的任务，它的人际关系一定是简单的；一个危机处理专家，他抓住问题核心的思路一定是简单的；一部划时代的著作，它的核心思路也一定是简单的。

《三国》里的曹操，对于最初战胜强大对手袁绍，心里没底。谋士郭嘉纵论兵事，提出"曹操十胜"。其一就是："绍繁礼多仪，公体任自然，此道胜也。"意思是，袁绍喜欢繁文缛节，把人生搞得很"肥胖"，行动不便，不够灵活，而曹操简洁自然，没有很多负累。

战争的结果，正如郭嘉所言。其中有一个值得玩味的细节——在丢弃的官渡大营，袁绍的营帐里，竟然有许多字画、古玩、金石、玉器，袁绍一贯以风雅自诩，竟然带着这些东西打仗。这便是他失败的原因之一。

简单朴素在许多时候意味着成熟。有句话说："参禅之初，看山是山，看水是水；禅有悟时，看山不是山，看水不是水；禅中彻悟，看山仍然是山，看水仍然是水。"彻悟之后，看世界重新简单明了，这是一种洞察世事后的返璞归真。很多中年人都在不断地提醒年轻人：生活比你想象的复杂得多。于是，年轻人的目光复杂起来。很多老年人在弥留之际，告诉中年人：生活比你想象的要简单得多。但是，他们体悟出这个道理的时间已经太晚。因此，很多人整个一生都在"构思过度"中度过，给自己增添许多破灭、纷乱和耗费。

很多复杂是没有必要的，对自己简单一点，对别人简单一点，对周围环境简单一点，我们的人际、生态环境会好很多，自己也会生活得更轻松。简单，这是许多人士的成功之道。

美国全国广播公司曾对沃伦·巴菲特进行了一个小时的访谈，以下是他谈到的生活片段：

他现在仍住在50年前买的3居室的房子里，他说这里有他需要的一切东西，他的房子周围没有围墙和篱笆。

他去哪里都是自己开车，没有司机，更没有保安跟随。

他出行从来不坐私人飞机，尽管他拥有世界上最大的飞机租赁公司。

他的伯克希尔·哈撒韦公司拥有63个分公司，每年他只给分公司CEO写一

封信，让他们知道公司当年的发展目标。

他从不举行会议，也不常给分公司CEO打电话。他定的规则只有两条：第一，别让你的股东损失一分钱；第二，不要忘记第一条规则。

他不跟上流社会的人交往。他下班回家后消遣的方式是：拿一包爆米花，坐下来看电视。

他没有手机，办公桌上没有电脑。

他对年轻人的建议是：过自己的生活，越简单越好；不要按别人说的去做，听听他人的意见，但还得跟着感觉走；别追求名牌，只穿让自己感觉舒服的衣服；别把钱浪费在不必要的事物上，要花在真正需要的地方。

简单本身也是生命所在，诗意所在，温馨所在。生活因简单而美丽，人生因简单而幸福，事业因简单而成功，心情因简单而舒畅，社会因简单而和谐。学会简单生活，将复杂的人生简单化，把复杂的生活简单化，学会简单生活，坦然面对各种纷纭繁复的世态变化；学会简单生活，冲出个人得失的樊篱，追寻一份洒脱娴静的心态。

强者不怕寂寞，独处也能自安

绿草求她地上的伴侣。树木求他天空的寂寞。

——摘自泰戈尔《飞鸟集》第78篇

这句小诗的意思是：树木比绿草长得高大强健，是因为树木拥有对天空的追求，它不怕寂寞。它争取一片独立的空间，与同伴保持适当的距离，这一切只是为了更好地生长。

一个庸俗的人，没有伟大追求的人，没有自己的思想和个性的人，往往需要酒肉朋友，不能独处，不甘寂寞，不愿一个人待着，希望通过和别人交往，让自己快乐一点。跟朋友在一起，不是出去游玩就是一起吃饭，即使是晚上时间，也要打电话给朋友。这样的人，过得无聊和空虚，人云亦云，随波逐流，很难获得心灵的进步和更新，也从未享受过精神生活充实丰富的乐趣。

芸芸众生中只有那些内心强大、精神高尚、思想深刻的人才是真正的强者，只有他们才不怕寂寞，能够独处，坚持努力，不断成长。就好像下面故事中落入野草丛中的百合花。

在一个遥远的峡谷里，一颗百合花的种子落在了野草丛中，并在那里发芽生长。百合花在没有开花之前和野草是没有什么区别的，于是其他野草都认为它是其中的一员。只有百合花知道自己是一朵花，一朵不同于其他野草的花。所以当百合花开出一个花蕾的时候，其他野草都嘲笑它、孤立它，认为它是野草的异类，但依然不认为它是一朵花。百合花总是默默地忍受着，坚定地生长着。因为它相信总有一天自己会开出一朵漂亮的百合花。

终于，百合花迎来了它生命中最重要的一刻，当它迎风怒放在峡谷中，怒放在野草丛中的时候，它证明了自己的价值，证明了自己的意义。在刚刚盛开的百合花瓣中，沾满了晶莹的露珠。当其他野草都以为这是早晨的水雾时，只有百合花知道，那是自己喜悦的泪水。从那一天开始，峡谷里出现了越来越多的百合花。于是，那个峡谷有了一个动听的名字——"百合谷"。

面对寂寞甚至嘲笑，野百合总是默默地忍受，它最终实现了自己的理想，证明了自己的出色和美好。如果你立志让自己出类拔萃，你必须像野百合和树木那样不怕寂寞。不怕寂寞的人其实就是能够独处的人。一个经常独处的人，其内心必不贫乏。他对生活的感受与体验力会过于不常独处者，独处中所累积的自我意识会在言语中释放，说话、写作均列其中。很多人话语贫瘠，文字苍白，多半与不会独处有关。独处的奥秘就在于，它能让你直逼自我，以自我审视的方式认识自己、呈现自己。以独立、完整的个性融入大千世界、芸芸众生，你就不容易迷失自我。

要成为追求高远天空的强者，我们得像强者一样不怕寂寞，我们必须学会独处，独处是一种心态，自己要面对自己，不依赖别人，需坦然需探索，需思考需劳作，而这一切都是挑战自我的过程。认识自我，发现自我，这一切结果都只为调整自我、尊重自我、超越自我。独处是一种享受、一种境界、一种超脱，而这一切都决定着人是否能够发现自己就是一个奇妙的世界。在独处中我们无所期求，不指望别人来做我们的救世主；在独处中，我们将抛却纵欲与羁绊。于是，我们强大，我们理智，我们成熟，我们岿然不动地获得了韧性与力量，再也不用害怕风的洗礼、雨的栉沐。

会休息才会工作

休息之隶属于工作，正如眼睑之隶属于眼睛。

——摘自泰戈尔《飞鸟集》第23篇

这句小诗的意思显而易见：眼睛需要眼睑的闭合稍事休息，工作需要休息来补充能量。

列宁曾经说过，"会休息的人才会工作"，古语也言"一张一弛乃文武之道"。可以看出休息与工作之间的关系是密不可分的，一味地劳动和休息都是不可取的，我们要用工作充实自己，用休息放松身心。

丹尼尔·河西林在《为什么要疲倦》一书里说："休息并不是绝对什么都不做，休息就是修补。"休息并不是一件坏事，也不是浪费时间的表现，许多人认为休息是在浪费时间、浪费生命，其实并不然，休息具有很强的修补能力，即使只打5分钟的瞌睡，也能防止疲劳。

人们似乎很难相信这样一个事实：人的心脏每天要输送出大量的血液，如果将这些血液集中起来，足够装满一节火车上装油的车厢；而每天所供应出来的能量，也高得惊人。那么一个拳头大小的心脏，为什么能承受如此重的任务呢？大家对此深感怀疑，但这确实是个事实。但是心脏并非像人们想象的那样，一天24小时，分秒不差地不停工作。而是每次收缩之后，都会休息一段时间，全天算起来它只工作9小时，其他15小时都处于休息状态。

由此看来，养成良好的休息习惯，不但能提高工作效率，还能以一个良好的精神状态去应对生活中的各种困难。

1842年7月，24岁的马克思在取得了哲学博士学位之后从故乡德国特利尔来到波恩。在那里，他只是为《莱茵报》撰稿，后来又担任了这份报纸的主编。这期间，他经常通宵达旦地写作，基本没有锻炼身体的时间。1843年3月，离开《莱茵报》之后的马克思阅读了法国哲学家、历史学家和英国经济学家的大量著作，并在1844年春天写出了一部内容广博的著作《经济学哲学手稿》。紧接着，他又投入到另一本大部头著作《神圣家族》的写作，并在恩格斯的帮助下，于1844年9月完成。

1845年底开始，他又同恩格斯一道，用了6个月的时间，完成了一部多达几百页的著作《德意志意识形态》；1847年1月至6月，他集中精力完成了《哲学的贫困》；1847年底，与恩格斯完成了《宣言》；同年3月，与恩格斯合作《在德国的要求》。除此之外，这一期间，他还为《德国年鉴》《前进闻》《德意志——布鲁塞尔》《新莱茵报》《纽约每日论坛报》等报刊撰写了大量文章。24岁至34岁这10年，马克思像一部不知疲倦的机器，日夜不停地运转着。虽然，他的精力是那样旺盛，身体是那样强壮，但是，长期超负荷的脑力劳动不对他的身体产生损害是不可能的，他毕竟是人，需要休息。

当时曾经几乎每天都到马克思家做客的李卜克内西对马克思的回忆，也许让我们更清楚地了解他那时的工作状况："他工作的时间很长，而且，因为在白天常被搅扰，他就熬夜。我们晚间开会回家时已经不早了，但他还要坐下来干几个钟头，而且这几个钟头又逐渐一点点延长，最后达到通宵达旦。"

不幸的是，马克思终于积劳成疾，患了肝炎。那时，马克思还不到40岁。在这之后，他不但没有得到充分的治疗和休息，反而比以往更劳累了，最终积劳而亡。

伟大的马克思主义创始者就这样为了革命和事业献出了自己的生命。马克思一生的成就我们无法比拟，不过，我们明白了，要想有所成就，就要做好劳逸结合，不要让自己的身体、心态过度地劳累，只有在保证身体健康的基础上，才能更好地完成工作！

那么，什么样的休息才算是合理有效的呢？最基本的要求就是能让自己放松身心。

身处现代社会，人们要承受着来自各个方面的压力，如工作压力、生活压力等，其实，之所以会出现这样的现象，是因为不懂得休息之道。如果想轻松应对这些外来压力，需养成休息的好习惯。

为了帮助人们缓解疲劳，养成休息的好习惯，以下几个方面内容可供人们参考：

第一，平躺。

当你感觉疲劳时，可以平躺在地板上，使身体尽量伸直、放松，每天重复几次，便可驱散疲劳。

第二，接触大自然。

疲惫时，将自己投入到大自然的怀抱，你可以戴上太阳镜，躺在柔软的沙滩上，望着蔚蓝的天空，聆听大自然的呼吸，感受亲触大自然的感觉，这也是一个非常有效的方法。

第三，按摩。

四指并拢先按摩上下眼睑，然后按摩的手指从眼角处向太阳穴处移动，按摩数分钟。按摩的时候最好情绪稳定、挺胸收腹，这样才能够达到一定的效果。

会生活的人并非整年埋没于工作当中，他们懂得给自己放假，懂得劳逸结合，这样才有益于身体健康。在工作之余，要给自己放个假，使自己彻底放松一下，这么做不但不会影响工作进度，反而会对提高工作效率有所帮助。当自己倍感疲惫时，陪同家人一同外出旅游，到一个清静的地方小憩一下，这样身心才能彻底放松，有助生活质量的提高。

从工作中寻找乐趣

日间的工作完了，于是我像一只拖在海滩上的小船，静静地听着晚潮跳舞的乐声。

——摘自泰戈尔《飞鸟集》第55篇

也许有许多人认为工作就是为了生存，但实际上许多人不知道——工作带来的不仅仅是薪水的收入，更多的应该是身心的愉悦。俗话说："劳动过后吃饭，饭会格外的香。"达·芬奇也曾经说过："工作一日，可得一夜的安眠；勤劳一生，可得幸福的长眠。"泰戈尔的这首小诗也描述了工作之余的乐趣。

马斯洛理论中有一个说法，他将人的需求分成了若干个层面，最低的层面就是为了生存，最高的层面是个人价值的实现。工作能满足人的这些需求。

比尔·盖茨的财产净值大约是466亿美元。如果他和他太太每年用掉一亿美元，他们要466年才能用完这些钱——这还没有计算这笔巨款带来的巨大利息，那他为什么还要每天工作？

斯蒂芬·斯皮尔伯格的财产净值估计为10亿美元，不像比尔·盖茨那么多，不过也足以让他的余生享受优裕的生活了，那为什么他还要不停地拍电影呢？

美国Viacom公司董事长萨默·莱德斯通在63岁时开始着手建立一个很庞大的娱乐商业帝国。63岁，在多数人看来是退休、乐享天年的时候，他却在此时做了很重大的决定，让自己重新回到工作中去。而且，他总是一切围绕Viacom转，工作日和休息日、个人生活与公司之间没有任何的界限，有时甚至一天工作24小时。他哪来这么大的工作热情呢？

类似的例子还有很多。那些拥有了巨额"薪水"的人们，不但每天工作，而且如果我们跟在他们身旁，一定会因为他们工作那么卖力而且时间那么长而感到精疲力竭。那么，他们为何还要这么做？是钱吗？

还是来看看萨默·莱德斯通自己对此的看法："实际上，钱从来不是我的动力。我的动力是对于我所做的事的热爱，我喜欢娱乐业，喜欢我的公司。我有一种愿望，要实现生活中最高的价值，尽可能地实现。"

一些心理学家发现，金钱在达到某种程度之后就不再诱人了。人生的追求不仅仅只有满足生存需要，还有更高层次的需求，有更高层次的动力驱使。其中，自我实现的需要层次最高，动力最强。

当一个人做他适宜且喜欢的工作，在工作中发挥他最大的才华、能力和潜在素质，不断自我创造和发展，他就满足了自我实现的需要。

对于大多数人而言，工作并不一定能够上升到实现自我的层面，但是工作有益于一个人身心健康。一天有二十四个小时，一生有六七十年的岁月。在这一段漫长的人生里，如何去打发时间，这是个很重要的问题。社会上的一些人，用吃、喝、玩、乐去打发时间，打牌、赌博，做无聊的事，来消磨岁月，这非常没有意义。人唯有在工作里，生命才有办法安住，人活得才有意义。

弗洛伦斯·南丁格尔，世界上第一所正规护士学校的奠基人，人们亲切地称呼她为"提灯女士"。她有着相当长时间的抑郁症病史，在绝望和痛苦中度过了大约3/4的生命。南丁格尔生于一个富有的移民家庭，曾就读于法国巴黎大学。她的父母希望她在文学、音乐方面发展才能，跻身名流社会，而她则鄙视贵妇人无所事事的寄生生活。克里米亚战争期间，南丁格尔主动提出申请，志愿前往战地负责护理工作。在英国政府的邀请下，她率领38名护士亲赴前线，在4所战地医院服务。在半年左右的时间里，伤病员的死亡率明显下降，她成了英国传奇式的人物。护士这个职业在很大程度上就是因为她的事迹而开始受到世人的重视。

专家们最关注的是她33岁到36岁那段无病无痛的经历，当时她曾在克里米亚战争前线为救治伤员而奔波。她从17岁起就强烈渴望当一名护士，但却遭到父母激烈反对。压抑的生活使她精神抑郁，直到去战场上护理病人的时候，她的心理疾病才能得到控制。在克里米亚半岛上，她表现出超凡的爱心、勇气和耐力。

美国心理专家凯利·兰伯特指出，从远古开始，自然就赐予了人类一种不断发展的内在驱动机制——努力奖赏——当人获得保持和促进生存的资源时，大脑会依照"程序"产生强烈的满足感和愉悦感，由此提高人们控制外界环境和对抗精神疾病（如抑郁症）的能力，带来更积极乐观的情绪。

某大学从几家企业中随机挑选出200位上班族，要他们每天写工作日志，并且写下他们当日的心情是好还是坏、工作动力是高还是低……在收集了12000份日志后，对它们进行交叉比对时，竟然发现这些上班族心情最好的日子，并不是工作最少的日子，而是做最多事情的日子。

看来，人们享受工作带来的乐趣，尤其是高效率的工作状态带来的快乐时，工作的成果更能让工作者获得极大的成就感，获得心理上的极大满足和非常美妙的体验。

合理利用闲暇时间

> 闲暇在动作时便是工作。静止的海水荡动时便成波涛。
>
> ——摘自泰戈尔《飞鸟集》第132篇

伟大的哲学家亚里士多德曾提出："人惟独在闲暇时才有幸福可言，恰当地利用闲暇是做一个自由人的基础。"泰戈尔的这句小诗也阐述了大致相同的意思。马克思也在他的《剩余价值理论》中指出："这种可以自由支配的时间，也就是真正的财富，这种时间不被直接生产劳动所吸收，而用于娱乐和休闲，从而为自由活动和发展开辟了广阔的天地。"人类的各种知识、科学、艺术的发展都依赖于闲暇时间的不断扩展。闲暇时间的合理利用对于一个人的发展意义重大。

凡在事业上有所成就的人，都有一个成功的诀窍：变"闲暇"为"不闲"，也就是不偷清闲，不贪逸趣。有效率的成功人士既会利用时间也能创造时间。他们能从无关紧要的事或休闲活动中窃取时间，创造精彩人生。

爱因斯坦曾组织过享有盛名的"奥林比亚科学院"，每晚例会，与会者总是手捧茶杯，边饮茶、边议论，后来相继问世的各种科学创见，有不少产生于饮茶之余。据说，茶杯和茶壶已列为英国剑桥大学的一项"独特设备"，以鼓励科学家们充分利用余暇时间，在饮茶时沟通学术思想，交流科技成果。

"闲不住"的人们还在闲暇时间里积极开创自己的"第二职业"。

在概率论、解析几何等方面有卓越贡献的费尔马，他的第一职业是法国图卢西城的律师，而数学则是他的"第二职业"；哥白尼的正式职业是大主教秘书和医生，而创立太阳系学说却成为他"第二职业"的研究课题；富兰克林的许多电学成就也是当印刷工人时从事"第二职业"的成果。

"闲不住"的人们还在闲暇时间里虚心向社会上的能人贤者求教。

托尔斯泰曾在基辅（乌克兰首都）公路上不耻下问，请教有丰富生活经验的农民；达尔文曾在科学考察途中，拜工人、渔民、教师为师。不甘悠闲，不求闲情，已被革命家和科学家视为生活的准则。

在生活中，有各种各样度过闲暇时间的方式。有一些人的闲暇时间是白白流逝的，他们或沉溺于一圈又一圈的纸牌"漩涡"，或陶醉于"摩登""时髦"的穿着打扮，或无聊地聚众闹事、溜达闲逛。有人曾多次到监狱进行调查，让130名青年犯人回答有关闲暇时间的若干问题，结果89%的人说，他们犯案作科都是在闲暇时间进行的；63.9%的人说他们入狱前的业余生活是庸俗无聊、低级趣味的，总想寻求刺激，折腾闹事。

当然，也有许多人的闲暇时间度过得非常充实有趣：有人利用闲暇时间博览群书，汲取知识的甘泉；有人利用闲暇时间游历名山大川；有人利用闲暇时间广交朋友，撒下友谊的种子；有人利用闲暇时间进行艺术创作，摸索篆刻艺术、构思长篇小说，让思维张开想象的翅膀……

闲暇是我们生活的必要组成部分，闲暇时间里面，许多人爱看电视，其实，除了电视外，还有其他许多娱乐选择。我们不妨多进行户外活动、体育锻炼或者参加公益活动等，既培养了自身广泛的兴趣爱好，又可以交到志同道合的朋友。

伟大的科学家爱因斯坦曾经说过："人的差异在于业余时间。"古今中外，为国家和社会作出重大贡献的人都能科学地利用闲暇时间，让我们从现在起学会快乐而又有意义地度过自己的闲暇时间，不让生命虚度。

别让理想成为负担

那些把灯背在他们的背上的人，把他们的影子投到他们前面去。

——摘自泰戈尔《飞鸟集》第21篇

这则小诗告诉我们：让理想做前行的指路灯，而不是背负在背上的负担。每个人在小的时候都会有各种各样的梦想：有的非常大，想要成为一名科学家、将军、宇航员、拯救人类的英雄……有的非常小，想要一个玩具车、洋娃娃，想去游乐园，想要各种好吃的，想买一件新衣服……慢慢地随着时间的流逝，小的愿望实现了，大的愿望还在坚持，渐渐有的人会发现他离自己那个愿望越来越远，甚至变得遥不可及。那么到底是我们不够努力，还是愿望太"伟大"了，才导致产生这种状况呢？我们又该如何面对现实与理想之间的这种差距呢？也许下面这个故事能够给你一定的启示。

这是一片广袤的田野，土地肥沃，水草丰美。为了灌溉庄稼，农民们在这里挖了两条河，一条小点，一条大点。这条大的，我们姑且叫它大河吧。

刚开始，小河和大河都勤勤恳恳地灌溉，两岸庄稼年年丰收。可是有一天，大河忽然有了个想法，它要去看看海。这个想法一生出来，就再也按捺不住。我是大河，怎么能和那条小河一样，老死在这寂寞的乡野呢。大河鼓起浑身的力量，一浪一浪地冲向远方。要承认，大河是坚韧的，克服重重困难，它冲破了许许多多的田埂与山峰，它离它的目标越来越近。回头再看小河时，它不由生出一份悲悯之心：唉，小河也太没有追求了。

有一天，大河一头扎进了沙漠，它发现它的那点身体在慢慢地变小，它艰辛地前行着。可惜水越来越少，已经无法供它前行了。没几年，大河就堵塞了，又过了几年，河道就被填平了。

而那条小河，依旧勤勤恳恳地灌溉庄稼，为两岸农人的丰收立下了汗马功劳。为了获得更多的水源来灌溉，人们把小河的河道拓宽了，比以前的大河还要宽。小河成天热热闹闹，有浣衣洗菜的农女、有洗澡嬉戏的孩童、有泛舟垂钓的游客……莲叶田田，碧波荡漾，水阔鱼肥。

又经过了几代人的传承繁衍，小河被当地人称作"母亲河"，而当初的那条大河，早已寻不到半点踪迹。

对于一条河，尤其是一条"大河"来说，它最大的梦想当然是能够流入大海，见识一下海洋的广阔，而不是成为一个毫无见识的"河伯"。但为什么它最后却落得如此下场？这就是理想和现实的关系，拥有梦想是好的，它可以激励我们为了实现自己的梦想而努力奋斗，但当梦想超出了我们现实的条件又会是什么样呢？它会让我们在实现梦想的路上弄得满身伤痕，甚至撞得粉身碎骨；或者是将我们拖得浑身疲惫、苦不堪言。

托尔斯泰曾经说过："要有生活的目标，一辈子的目标，一段时期的目标，一个阶段的目标，一年的目标，一个月的目标，一个星期的目标，一天的目标，一个小时的目标，一分钟的目标。"这告诉我们：人要有生活的目标或者说是梦想，但有了这个大的目标还不行，要把它具体到各个阶段、各个时期，或者是确定到每一年、每一月、每一个星期、每一天、每一个时辰。这样将目标规划好，并一个个地实现它，我们就会发现生活越来越丰富、越来越成功，我们也变得越来越有动力和激情。"大河"正是由于想一蹴而就，最终"牺牲"在沙漠里。

有理想是好事，要正确地树立目标和理想，并将它们阶段化，并努力去完成它，让自己慢慢地走向成功和实现理想。这样才能将梦想变为动力，而不是无形而来的压力。

过去的事就让它过去

回忆，这位女祭司，杀害了"此刻"，并将它的心献祭给那死寂的昔日圣坛。

——摘自泰戈尔《流萤集》第15篇

　　这首小诗意在告诉我们，回忆的懊恼和悔恨会让我们无法面对现在，无法更好地活在当下。人的一生总会错失一些我们不愿割舍放弃，而又无法重新获得的东西；我们也总会犯一些错误，为此我们付出了一些无法承受的代价。但发生的已成过去，失去的不会再拥有，面对它们我们又该做些什么呢？是不断地悔恨悲伤，让自己活在过去当中；还是勇敢地面对现实、接受结果，继续我们的人生——去继续寻找属于我们自己的幸福和快乐？

　　懊恼、悔恨常常是人们在失去之后的第一反应，然而悔恨已于事无补，它挽回不了什么，也改变不了什么。

　　一天，一位老师在实验室讲课，他先把一瓶牛奶放在桌上，沉默不语。学生们不明白这瓶牛奶和所学的课程有什么关系，静静坐在位置上，不解地望着老师。这时候，老师站了起来，一巴掌将那瓶牛奶打翻在水槽中。然后他将学生们叫到水槽前，说："我希望你们记住，牛奶已经淌光了，无论怎么样后悔和抱怨，都没有办法取回一滴。你们要是事先想一想，加以预防，那瓶牛奶还可以保住；可是现在，如果还为它劳心费神，分散精力，是没有一点益处的。现在最紧要的，就是忘记它，注意下一件事情，不要因为它而错过其他更精彩、更有益的事情，否则你失去的将会更多！"

所谓烦恼处处有，看开就是无，不要为了打翻的牛奶而懊恼悔恨，因为那已经"覆水难收"！亡羊补牢，犹未晚矣。如果我们在发现"羊"丢了之后，只是一味地在那伤心悔恨，而没有采取挽救的措施，那么等待我们的将是继续的"丢失"。这种丢失不仅仅是指"羊"，它更有可能是我们自己——对自身成长的不断肯定、对现在生活的享受、对美好未来的追求……当一个人失去这一切时，你能想象出他有多么可悲吗？为了避免这样事情的发生，我们就要拥有一个积极的心态，乐观地面对一切，坦然地接受现实。

很多人会说，"对于发生的事，尤其是那些比较让人遗憾的事，我看的特别开，虽然当时可能会有些怨恨和自责，但过一段时间就忘了。"

在表面看来，人总是很容易就会原谅自己，无论犯了什么严重的错误。但实际上这只是一种假象，是一种人的自我心理暗示和排解方式。当自身无法整日地面对"我怎么会这么笨，这可怎么办呀？"这样的拷问和自责，就会在心理上让自己慢慢接受，然后把它压在心里不再去想。然而不再去想，并不意味着已经放下或是想开了，当有一天你无意地触动它时，你会发现自己还是在为此深深自责着，虽然最后可能付之一笑，但这一笑也是对自己的嘲笑。

没错，我们是犯了错误，但是如果要抓着这个错误而牢牢不放，那么痛苦的只能是自己。正确的处理方法是大胆地面对它，辩证地分析其中的得失，从中吸取经验和教训，然后就彻底地忘记它，因为记住它再也没有意义了。

《易经》有云："动辄得咎。"意思是"只要你选择做一件事情，就必然会有所得失"。如果一个人无法正确地面对这种得失，只能接受获得，而无法承受失去，那么他永远无法成为一个站在别人前面的人，只能成为一个整日抱怨的可怜虫。只有真正地认识到在每一次失去背后将会有一个更大的目标，有更多的考验和事情等着我们去做和面对，我们才不会再为眼前的一时得失而感到痛苦悔恨了。

正如今天的太阳落山了，虽然我们没有欣赏到夕阳的美丽，但我们将会看见更加美丽的星空。或者，明天的日落可能比今天的更美丽！

平凡里收获大幸福

我攀登上高峰，发现在名誉的荒芜不毛的高
处，简直找不到遮身之地。我的导引者啊，领
导着我在光明逝去之前，进到沉静的山谷里去
吧，在那里，生的收获成熟为黄金的智慧。

——摘自泰戈尔《飞鸟集》第320篇

泰戈尔的这则小诗提醒人们：荣华富贵、功名利禄是不毛的高地，在那里找不到生命的"绿荫"，然而在沉静的山谷，在不起眼的平凡里，有着生命的收获——生命自身所感到的自由自在和幸福。

在现实生活中，大多数人想超越平凡，认为平凡极易受人轻视，认为高官厚禄、声名显赫、衣食丰足、住房宽绰等等才能带来幸福。他们并不知道，平凡的人更容易收获生命的幸福和自由自在。

一个普通人去见上帝，满怀遗憾地述说："我觉得不够幸福，没有足够的金钱、荣耀和地位，我太普通太平凡了。"

上帝带普通人去见了三个人。

第一个是当红的明星，他已被病魔折磨得生不如死，他的病是由于多年的应酬和黑白颠倒的生活作息导致的。他对普通人说："你愿意把健康换给我吗？我可以给你所有的荣耀。"

普通人迟疑刹那，摇头拒绝。

第二个是富翁，感觉不到真爱，他怀疑所有的女人都是冲着他的钱而来，

所有的朋友都是靠不住的利益之交。他对普通人说："你能否把你所有的真爱卖给我，我会给你用不完的金钱做补偿。"

普通人毫不犹豫地拒绝。

第三个是身兼数职的名人，他一直在忙碌，形容憔悴，身心疲惫，他对普通人嘶喊："你把你的一切时间卖给我！我把所有的财富都给你！"

普通人慌张地逃离。

上帝对普通人说："看到了吧，你拥有的幸福看似很平凡，其实都是生命的必需，这些才是生命真正的收获。你是一个平凡的人，快乐可以更加简单更加容易得到。"

确实，对许多人而言，荣华富贵、功名利禄是迷障，会损害生命，人必须抛弃这些，要懂得珍惜自己平凡生命里的自由、健康和快乐。

列夫·托尔斯泰曾说："最伟大的真理是最平凡的真理。"一位哲人说："所有的不平凡最终都要回归平凡，所有不平凡的价值都要用平凡生活来衡量。"小人物的幸福瞬间，往往诠释了幸福的本义。

许多普通的人，过着平凡的日子，尽管生活中有这样那样的困难，但是，他们恪守人生的诺言，不放弃、不抛弃，充满希望、乐观向上地奋斗着、生活着。虽然他们没有亿万富翁那样对国家税收的贡献，也没有慈善家捐资助人的慷慨，但是，他们却以自己的平实，辛勤劳动，给妻子（丈夫）儿女、父母、朋友带来了快乐，给社会带来了和谐，这本身就是对社会的贡献，也是人生的最大幸福！

正如一首歌所唱："没想过众人仰慕，不奢求万贯财富，一根萝卜下一碗白米粥，心情开朗生活舒服。走我应该走的路，住我愿住的小屋，一家几口点一支红蜡烛，平凡的人最幸福，谁说的我不清楚。没有那些过高的企图，希望就在夜的深处，平凡的人最幸福，闲时牵手看日出，大风一吹散尽了云雾，有梦同路就是满足。"

从容淡定，宠辱不惊

从别的日子里飘浮到我的生命里的黑云，不再落下雨点或引起风暴了，却只给予我的夕阳的天空以色彩。

——摘自泰戈尔《飞鸟集》第291篇

　　当一个人经历的多了，看遍世界后，他把什么都看淡了，内心坦然。这正如泰戈尔所说："从别的日子里飘浮到我的生命里的黑云，不再落下雨点或引起风暴了，却只给予我的夕阳的天空以色彩。"这便是淡定的人生境界。达到这一境界，意味着这个人在大多数时候都能保持好心情，有更广阔的心灵空间，对美好的事物有更好的鉴赏力。

　　淡定意味着对结果的超然，淡定的人不再感到挫败和恐惧，很容易与人相处，而且让人感到温馨可靠。因为他们无意于争端、竞争和犯罪。这样的人总是镇定从容。他们不会去强迫别人做什么。淡定是一种思想境界，是内在心态修炼到一定程度所呈现出来的那种从容、优雅的感觉。在胜败面前从容不迫，胜不骄，败不馁；在名利诱惑面前不为所动，得之淡然，失之泰然；在困境挫折面前，也能笑对生活，享受人生的乐趣。众多古代名士在这方面都表现出众。

　　历史上著名的淝水之战，晋军收复寿阳的捷报送到京城时，当时丞相谢安正与客人下棋。他拿过捷报阅过，便随手放在一边，不动声色继续下棋，就好像什么也没有看到一般。他淡定如水，客人却忍不住了："前方战事如何？"

他漫不经心地回答："孩子们已打败了敌人。"依旧从容安详。这便是他的心胸涵养，"不以物喜，不以己悲"。

同样从容的还有东汉将军冯异，他为人谦逊低调，每当宿营时，将领们就坐在一起争功，冯异却常一个人躲在树下休息，人称"大树将军"，这是一个人在名前的淡定。

东汉大臣甄宇也是一个淡定的人，每年腊月祭祀后，皇帝要赏赐给博士每人一头羊。羊有大小肥瘦，很不好分，常引争执，甄宇就主动牵走了最瘦小的羊，人称"瘦羊博士"，这是一个人在利前的淡定。

苏轼有一首词《定风波·莫听穿林打叶声》："莫听穿林打叶声，何妨吟啸且徐行。竹杖芒鞋轻胜马，谁怕？一蓑烟雨任平生。料峭春风吹酒醒，微冷，山头斜照却相迎。回首向来萧瑟处，归去，也无风雨也无晴。"这是他笑对人生风雨的淡定。

人生不如意十之八九。如果拥有淡定的性情，那么人生必定释怀许多。淡定，不代表就是平淡，某种意义上看，会是一种享受。进一步时山穷水尽，不妨退一步而海阔天空，把自己置身于执着以外，享受心境的恬淡和安宁，不为物质生活所累。

要做到淡定，读好书应是最佳的起点、捷径，因为读好书，可以领略到世事变迁，感悟出人生百味；清楚地认识自己，理清那些不必要的欲望，尽可能地将之摒弃。要做到淡定，还要深刻地观察，恭敬地体验，反复地思考，并不断矫正自己的言行。

凡事皆淡定，或许极难做到。然而，通过自身的感悟、修炼，不断地追逐淡定，接近淡定，终会达到一定的境界。

第三章 美德在心中，行事不偏差
MEIDE ZAI XIN ZHONG XINGSHI BU PIANCHA

生命的价值在于奉献

夏天的飞鸟，飞到我窗前唱歌，又飞去了。

秋天的黄叶，它们没有什么可唱，只叹息一声，飞落在那里。

——摘自泰戈尔《飞鸟集》第1篇

要么像飞鸟一样地歌唱，尽量彰显自己，发挥自己的价值；要么像树叶一样，默默无闻，无私奉献。飞鸟像英雄与诗人，而树叶像人民大众。他们的生命同样精彩与伟大。这正是泰戈尔的这首小诗述说的道理。下面以一则小故事作解。

有一道雨后的彩虹看到弧形的石桥，对她说："我的大地上的姐妹，你的生命可比我长久多了。"

石桥回答："怎么会呢？你那么美，在人们的记忆中必然是永恒的。"

的确，彩虹的生命没有石桥永久，石桥也的确没有彩虹的美丽。彩虹的存在固然只是雨过天晴的瞬间，但它那瞬间的美丽却给人们留下长久的记忆；石桥固然不美，但它长久地稳固地架于两岸之上，默默地沟通、承载，默默地为人们工作，这是它生命的价值。这二者都是生命的价值。

正如裴多菲所说："生命的多少用时间计算，生命的价值用贡献计算。"生命是有限的，人生之途不过几十年的道路，我们无法无限延长它，无法求得它的永存。但是我们可以追求美好，可以奉献自己的一切，几十年默默的奉献可以换得永恒；一次轰轰烈烈的壮举，一次瞬间美好的展现，也可以说是生命的永恒。所以生命的价值不在于生命本身，而在于奉献。只要有所奉献，不管是长久的默默无闻的奉献，还是在短暂的瞬间发出灿烂的光芒，这样的生命都是永恒的。

苏联作家奥斯特洛夫斯基曾经说过："人最宝贵的东西是生命，生命只属于人一次，一个人的生命是应当这样过：当他回首往事的时候，他不会因为虚度年华而悔恨，也不会因为碌碌无为而羞耻，这样在临死的时候，他就能够说：'我整个生命和全部的精力已奉献给世界上最壮丽的事来——为人类的解放而斗争。'"

在我们的社会里有许多人正像石桥那样，他们在平凡的岗位上，为祖国的建设做出了无私的奉献。他们没有自吹自擂，只是默默无闻地奉献着，因为他们是真正的英雄。

《谁是最可爱的人》中描写的壮烈的松骨峰战斗，在那些带火扑敌的烈士中有一位名叫李玉安。然而，人们发现这位"烈士"至今还活着。他被救以后，回到家乡黑龙江，当了一名普通的粮库工人。几十年来，他一直勤勤恳恳地工作着，丝毫没有向别人透露过自己的过去。直到1990年，当人们知道他就是当年朝鲜战场上的英雄时，许多人大为不解，甚至为他没能得到应有的待遇而感到遗憾。李玉安舍弃了自己本可得到的各种优厚待遇，而选择了做一名普通工人，默默地奉献自己毕生精力。

就像爱因斯坦说的那样：一个人的价值，应该看他贡献什么，而不应当看他取得什么。李玉安，这位朝鲜战场的英雄，他长久的默默的奉献充分体现了他的生命价值。他是真正的最可爱的人。

还有些人在短暂的生命中闪现出灿烂的火花，永远留在了人们记忆中，这样的生命便有了不朽的价值。我国现代著名作曲家、《义勇军进行曲》的作曲者聂耳，还有人民的好战士雷锋，他们虽然只走过了人生的二十几个春秋，但是留给我们的伟大精神，又有谁能忘记呢？大诗人裴多菲也只走过了短短的二十几年的人生道路，然而他的诗篇为后人世代传诵，这也是一种生命的永恒。可见，生命的价值在于奉献，或如石桥长久默默付出，或如彩虹展现瞬间的美好——只要你肯奉献，那么生命便是可贵的。奉献便是生命的价值，奉献便是生命的永恒。

慷慨好施受欢迎

月儿把她的光明遍照在天上，却留着她的黑斑给她自己。

——摘自泰戈尔《飞鸟集》第234篇

将光明遍照天上、将黑斑留给自己的月儿，是慷慨无私的。在夜晚，谁不喜欢这样慷慨无私的月儿呢？在生活中，与人交往，我们也会发现：像月儿这样，慷慨大方、乐善好施的人容易交到朋友，不管在哪儿都受到喜爱和欢迎。民间谚语说，"慷慨好施，日益富裕；一毛不拔，反更穷困""囤积居奇，要受诅咒；乐意售粮，人人赞扬"。慷慨好施会让一个人广结善缘。

慷慨好施的人豪爽磊落，凡事不计较，舍与得均自在，浮与沉皆自如，进与退都自由。慷慨会让一个人的胸怀往开阔处去，品格往高远处去，心性往豁然开朗处去。慷慨的人见识也卓然于他人之上。

英国有个风光旖旎的临海小镇，名叫威尔斯。在威尔斯海岸金色的沙滩上，许多渔民都在利用这片美丽的露天市场摆摊卖鱼。随着旅游业的日益红火，得天独厚的自然条件给了他们无尽的财富。可是最近半年来，当地的海鸥群却成了渔民们的大麻烦。一大早，渔民们摆好摊子，欣喜地拿出刚从大海里捕捞的新鲜海货，可是率先吸引来的"顾客"却令他们头疼不已：一只海鸥像箭一样俯冲下来，动作迅捷地叼走一些珍贵的鳕鱼或者鲑鱼，接着是第二只，还有第三只、第四只……终于，渔民们忍无可忍，开始想尽一切手法驱赶海鸥……为此，这片美丽的沙滩偶尔也染上了海鸥的血迹。

可是有一位名叫亨特的渔民却很特别，他眼睁睁地看着海鸥叼走鱼却并不动怒，有时甚至抓起一条鱼欢呼着抛向空中，引得那些可爱的海鸥互相争食。"总有一天那些海鸥会让他变成穷光蛋，他简直就是个疯子！"可怜的亨特成了其他渔民取笑的对象。

没过多久，对海鸥的无情驱赶终于有了收效。可是许多渔民意外发现，他们的生意却变得每况愈下。原来引得不少游客闻名而来的正是这些在当地小有名气的海鸥种群。海鸥少了，自然游客也少了。更让渔民们不可思议的是，他们发现亨特的生意却异常火爆。原来，亨特的摊子因为有了贪嘴的海鸥而在威尔斯声名大噪，附近的许多孩子和外地游客都会聚集在他的摊子旁，一边挑选一些海货，一边等着抓拍海鸥吃鱼的有趣画面。这样一来，生意自然红火。

这正如俗话说的"好人有好报"，好人往往是乐善好施的人。肯特大学的心理学家查理·哈代和马克·范福特进行的研究表明：那些拥有慷慨大方、乐于助人名声的人是所在团体中最被看重的人。其实许多有名望的成功人士确实也得益于他们的慷慨大方，这样为自己赢得了真心朋友，也获得了更多的人脉和更好的声誉。

胡雪岩因为他的慷慨好施、侠肝义胆，结交了许多能够生死相托，关键时刻鼎力相助的好朋友。正是这些好朋友的鼎力相助，才使他成就了一番事业，成为红顶商人。

对于生性慷慨的胡雪岩来说，似乎没有化解不了的矛盾，征服不了的对手，交结不到的朋友。例如在他解决漕米运送问题上，处处为漕帮着想，并且主动放款给漕帮，解决了他们的经济困难，还同时为他们介绍生意，让他们有钱可赚。胡雪岩因为慷慨好义的气质和禀赋，受到漕帮领袖们的普遍尊崇并引为至交。在胡雪岩买漕米、军粮和押枪支等他一生中几桩重大的传奇事件上，这些帮会领袖能捐弃前嫌和主动放弃对朝廷的怨怼，归根到底，这是出于对胡雪岩慷慨好施的江湖义气的认同，被他的人格魅力所感化。像胡雪岩这样出手大方、仗义助人的人所具有的人格魅力，处处受人欢迎。因为，在社交中通行的不是贪图便利，而是慷慨大方。吝啬自私的人，会把自己孤立起来，一辈子囿于自我的方寸之地，难走出去。即便我们真的什么也拿不出来，拿出一颗心，少一点吝啬，多一些慷慨，我们每个人都是这个世界最珍贵的1度。

最高贵的复仇是宽容

尘土受到损辱，却以她的花朵来报答。

——摘自泰戈尔《飞鸟集》第101篇

　　这首小诗告诉我们：大地之所以被我们称之为"母亲"，正是因为它那博大的胸怀！

　　法国著名作家雨果曾经说过："最高贵的复仇方式是宽容。宽容就像清凉的甘露，浇灌了干涸的心灵；宽容就像温暖的壁炉，温暖了冰冷麻木的心；宽容就像不熄的火把，点燃了冰山下将要熄灭的火种；宽容就像一只魔笛，把沉睡在黑暗中的人叫醒。"

　　何为宽容？当人们一只脚踏在紫罗兰花瓣上时，它却将香味留在了人们的脚上，这就是宽容！

　　宽容是人间的润滑剂，有了宽容，人间就少了许多纠纷，多了一份宁静；少了许多敌对，多了一些美好。有了宽容，人间才会变成美好的天堂。

　　穿梭于茫茫人海中，面对一个小小的过失，常带一个淡淡的微笑、一句轻轻的歉语，带来包涵谅解，这是宽容；在人的一生中，常常因一件小事、一句不注意的话，使人不理解或不被信任，但不要苛求任何人，以律人之心律己，以恕己之心恕人，这也是宽容。所谓"己所不欲，勿施于人"也寓理于此。

　　相传古代有位老禅师，一日晚在禅院里散步，突见墙角边有一张椅子，他一看便知有位出家人违犯寺规越墙出去溜达了。老禅师也不声张，走到墙边，移开椅子，就地而蹲。少顷，果真有一小和尚翻墙，黑暗中踩着老禅师的背脊跳进了院子。当他双脚着地时，才发觉刚才踏的不是椅子，而是自己的师傅。小和尚顿时惊慌失措，张口结舌。但出乎小和尚意料的是师傅并没有厉声责备他，只是以平静的语调说："夜深天凉，快去多穿一件衣服。"老禅师宽容了他的弟子。他知道，宽容是一种无声的教育。

心理学家指出：适度的宽容，对于改善人际关系和身心健康都是有益的。这种宽容，指的是对于朋友或别人在生活、工作、学习中的过失、过错适当采取"羞辱政策"，有效地防止事态扩大、加剧矛盾，避免产生严重后果。大量事实证明，不会宽容别人，亦会殃及自身。过于苛求别人或苛求自己的人，必定处于紧张的心理状态之中。由于内心的矛盾冲突或情绪危机难于解脱，极易导致机体内分泌功能失调，而内分泌功能的改变又会反过来增加人的紧张心理，形成恶性循环，贻害身心健康。有的过激者甚至失去理智而酿成祸端，造成悲剧后果。而一旦宽恕别人之后，心理上便会经历一次巨大的转变和净化过程，使人际关系出现新的转机，诸多忧愁烦闷可得以避免或消除。

如，有同窗二人，同样勤奋，同样优秀，又属同乡，交情甚好。只是一个家富，有钱购买大量的复习资料，成绩始终名列前茅；一个家贫，买不起那些宝贵的资料，成绩稍逊。于是家贫者屡屡向家富者求借资料，而家富者也总是有求必应，家贫者因有了这些资料，成绩直线上升，很快进入班里前三名，大有赶超第一之势。这时候，家富者心里起了变化，担心被家贫者超过，多了一个竞争对手，便开始藏了心眼，于是友谊悄悄地变了质。以后，凡家贫者来借资料时，家富者便找出种种理由予以婉拒。家贫者多次被拒后，终于明白了此中的缘故。但他并未指责对方，只淡淡地说了句："世界不是只有你和我。赢了我不算真的赢，赢了自己才是真的赢。"家富者悚然一惊，几经反省后，不禁自愧于自己视野的狭窄，于是重又欣然把资料借给家贫者。两人的友谊又重归于好，在学业上彼此鼓励相互探讨，后来双双考入理想的大学。

不可否认，这个世界的竞争是激烈的，但我们在激烈竞争的过程中有时也不免陷入这样的误区：过多地注重自己与别人的竞争，却在无意中忽略了自己与自己的竞争；过多地追求事业的无限"大"，却在无意中进入了自己内心的无限"小"。从这个意义上说，赢了身边的人其实并没什么，赢了自己才是真的赢。

世界并不只有你和我。它大着呢！正像每个人的心胸一样。不是吗？

宽容，意味着你不会再为他人的错误而惩罚自己。

很多人都感觉宽恕是自我对他人的一个行为，其实宽恕最先且更多的是指自己对自己宽恕。只有对自己宽容的人，才有可能对别人也宽容。人的烦恼一半源于自己，即所谓画地为牢、作茧自缚。电视剧《成长的烦恼》讲的都是烦恼之事，但是他们对儿女、邻居的宽容，最终都把烦恼化为了捧腹的笑声。

宽容地对待自己，就是心平气和地学习、生活。这种心境是充实自己的最佳状态。充实自己很重要，只有有准备的人，才能在机遇到来之时不留下失之交臂的遗憾。知雄守雌，淡泊人生是耐住寂寞的良方。轰轰烈烈固然是进取的写照，但成大器者，绝非只热衷于功名利禄者。

宽容，对人对自己都可成为一种无须投资便能获得的"精神补品"。学会宽容不仅有益于身心健康，且对赢得友谊，保持家庭和睦、婚姻美满，乃至事业的成功都是必要的。因此，在日常生活中，要时刻抱有一颗宽容的心。当然，宽容绝不是无原则的宽大无边，而是建立在自信、助人和有益于社会基础上的适度宽大，必须遵循法制和道德规范。对于绝大多数可以教育好的人，宜采取宽恕和约束相结合的方法；而对那些蛮横无理和屡教不改的人，则不应手软。从这一意义上说"大事讲原则，小事讲风格"，乃是应取的态度。处处宽容别人，绝不是软弱，绝不是面对现实的无可奈何。在短暂的生命里程中，学会宽容，意味着你的生活更加快乐。

宽容，是人不可缺少的品质；宽容之美，亦是生活中不可或缺的点缀。尽管人情易反复、世路多崎岖，只要我们时时能以一颗宽容之心待人，何愁世间不能多温暖、人生不能多坦途、社会不能更美好？

给予让自己更富有

埋在地下的树根使树枝产生果实，却并不要求什么报酬。

——摘自泰戈尔《飞鸟集》第134篇

默默奉献的树根不求回报，它的境界为什么如此之高？因为它是快乐的，它能使树枝产生果实，它觉得自己的生命因创造美而有了意义和价值。

《道德经》里有句话："圣人不积，既以为人，己愈有；既以与人，己愈多。"这句话让人看来有些不解，自己的东西给了别人怎么就更富有了呢？在这里我们从精神和物质的层面上来解释，自己的东西给予了别人，自己东西是变少了，但是精神财富却上了一个台阶，给予了别人却换来了自己内心的充实，这也是一种收获。

我们知道，爱人之间、亲人之间因为浓烈的感情联结常常会不分彼此地付出和给予。这时候，勇于付出的人往往能感受到与接受的一方同样多甚至更多的快乐。比如人们常常说的母爱就是这样，母亲的心和儿女的心联结在一起，她总是不计回报，所以只要看到儿女们幸福，母亲就会感到满足。

推而广之，我们会发现，不仅仅是亲人和爱人之间，即使是萍水相逢的陌生人，只要是真诚地给予，都能够给付出的一方带来心灵上的快乐。

一位经常行侠仗义、乐善好施的人，别人问他，你为什么这么喜欢帮助别人呢？他回答："在帮助别人实现愿望的同时，我自己也感受到了一种成就感，看上去我是帮助别人，但其实在这个过程中，我自己也是快乐的。"

有一句话叫作："赠人玫瑰，手有余香。"其实人与人之间就是靠着相互的帮助和扶持，并在这个过程中让自己和别人都得到益处。勇于给予的人是人生的主人，因为他们主动地选择了向善、去付出，而不是被动地依附于别人的施舍。在给予别人的时候，一个人摆脱了狭隘的自我意识，把关注的焦点从自己身上扩大到了更多的人。这时候一个人的心胸也随之拓宽了。

居里夫妇的科学功勋盖世，然而他们却极端藐视名利，最厌烦那些无聊的应酬。他们把自己的一切都献给了科学事业，而不捞取任何个人私利。在镭提炼成功之后，有人劝他们向政府申请专利权，垄断镭的制造，以此发大财。居里夫人却说："那是违背科学精神的，科学家的研究成果应该公开发表，别人要研制不应该受到任何限制。""何况镭是对病人有好处的，我们不应当借此来谋利。"提取纯镭所需的沥青铀矿在当时是非常昂贵的，他们从自己的生活费中一点一滴地节约，先后买了八九吨，居里先生去世后，居里夫人把千辛万苦提炼出来的，价值高达一百万金法郎以上的镭，无偿地赠送给了治癌实验室。居里夫人还把得到的诺贝尔奖奖金赠送给需要帮助的人。居里夫人去世后，爱因斯坦说："在像居里夫人这样一个崇高的人物结束她的一生的时候，我们不能仅仅只满足于回忆她的工作成果和对人类做出的贡献。第一流的人物对时代和历史进程的意义，在道德品质方面，也许比单纯的才智方面还要大。"

像居里先生和居里夫人这样第一流的人物便是"既以为人，己愈有；既以与人，己愈多"的伟人，他们只是默默地奉献而不要求回报，他们和万物没有纷争、没有打斗，只有奉献、没有索取。这是一种幽远、高深的境界。

抬头看天上的星星，低头看草叶上的露珠，这一切都是那么让人欣喜和感动。这些美丽的事物是天地给予我们的礼物，它无私地给予着，让我们尽情地享受着它带来的美好，它不要求回报。

尊重别人就是尊重自己

> 爆竹呀，你对于群星的侮蔑，又跟了你自己回到地上来了。
>
> ——摘自泰戈尔《飞鸟集》第240篇

泰戈尔的小诗说明的深义是：爆竹不懂得尊重繁星，最终也无法与繁星为伴，而是孤单地落回地面。

对他人的尊重其实不仅是尊重了他人，也同时尊重了自己，因为尊重他人是一个人修养和内涵的综合体现，会赢得他人的尊重。

同学之间、朋友之间、邻居之间、师生之间要学会互相尊重，越是亲近的人，越需要尊重，因为越是亲近的人越容易受到伤害。领导对下属的尊重更加会显示出领导者的水平来，领导本来就处在高处不胜寒的层面，如果他对下属说话和蔼可亲，不当众让下属难堪，关心和体谅下属在工作和生活中的难处，会使下属心情舒畅，会使其努力工作，更能赢得下属对领导的尊重。

尊重并不与权势、金钱和地位同行。财大气粗、不可一世、对他人颐指气使的人通常会自取其辱。

有位富翁，十分有钱，却得不到别人的尊重，为此他十分苦恼，每日寻思如何才能得到众人的敬仰。

有一天，他在街上散步，看到街边有一个衣袖褴褛的乞丐，他心想机会来了，便在乞丐的破碗里丢了一枚亮晶晶的金币。谁知道乞丐头也不抬地仍是忙着捉虱子，富翁不由得生气了，说："你眼睛瞎了！没看到我给你的是一枚金币

吗？"乞丐仍是不看他一眼，答道："给不给是你的事，不高兴可以拿回去。"

富翁大怒，又丢了十个金币在乞丐的碗里，心想他这次一定会趴着向自己道谢。却不料乞丐仍是不理不睬。

富翁气得几乎要跳起来："我给你十个金币，你看清楚，我是有钱人，好歹你也尊重我一下，道个谢你都不会。"乞丐懒洋洋地回答："有钱是你的事，尊不尊重你是我的事，这是强求不得的。"

富翁急了："那么，我将我的财产的一半送给你，能不能请你尊重我呢？"乞丐翻着一双白眼看着他："给我一半财产，那我不是和你一样有钱了吗？为什么要我尊重你。"

富翁更急道："好，我将所有的财产都给你，这下你愿意尊重我了吧。"

乞丐大笑："你将财产全给了我，那你就成了乞丐，而我成了富翁，我为什么还要尊重你！"

常言道："送花的人周围都是鲜花，种刺的人身边都是荆棘"。这个故事中的富翁不懂得尊重他人便不能得到他人的尊重。

怎样才是尊重他人的表现呢？

首先，要保留足够的空间给对方。人最容易感受到不被尊重的情况就是当我们的空间被压缩时，因此，当我们说要去尊重一个人就是要不侵犯对方的空间，保留足够的空间给对方。

其次，要保留足够的时间给对方。时间也是一种尊重与否的指标，如果一个医生给病人看病，病人还没把病情陈述清楚，医生就已经在开处方笺（等于暗示病人已经可以出去了），病人会有一种被医生糊弄的感觉，很不舒服，感觉不被尊重。在现实生活中，经常有许多人不注意别人的感受，不给对方留下足够的心理活动时间，与别人谈话时，只顾自己侃侃而谈，不给对方插话的机会；在听别人倾吐心事时，东张西望，左顾右盼，心不在焉。这样的人都没有做到尊重他人。此外，从欣赏、鼓励、期待等角度来善待对方，允许对方表达自己的思想、表现自己，学会理解和宽容他人。

当我们用诚挚的心灵和尊重的态度使对方在情感上感到温暖、愉悦时，我们自己也会被对方真诚地接纳，这样便建立了一种和谐、美好的人际关系，让我们拥有许多朋友，并获得最终的成功。

内敛的人易成功

"我们，萧萧的树叶，都有声响回答那暴风雨，但你是谁呢，那样地沉默着？""我不过是一朵花。"

——摘自泰戈尔《飞鸟集》第24篇

诗句中的"我不过是一朵花"在对比中烘托出花的低调内敛。

中国有句术语："外气内敛，专情专注。"老子也有相近的观点，他认为每一个婴儿都是内敛的人。婴儿的特点就是能够结聚精气，这是神情内敛的一种表现。神情内敛的人不会无端地浪费精神和气力，只会一心一意做自己关注的事情，并且尽力去做好它。这样的人心态良好，能抛却杂念，到头来会比锋芒毕露的人更容易成功。庄子讲过《呆若木鸡》的故事也便是这样的道理。

有一位纪先生替齐王养鸡，这些鸡不是普通的老母鸡，而是要训练好去参加比赛的斗鸡。纪先生才养了10天，齐王就不耐烦地问："养好了没有？"纪先生答道："还没好，现在这些鸡还很骄傲，自大得不得了。"过了10天，齐王又来问，纪先生回答说："还不行，它们一听到声音，一看到人影晃动，就惊动起来。"又过了10天，齐王又来了，当然还是关心他的斗鸡，纪先生说："不成，还是目光犀利，盛气凌人。"10天后，齐王已经不抱希望来看他的斗鸡。没料到纪先生这回却说："差不多可以了，鸡虽然有时候会啼叫，可是不会惊慌了，看上虽好像木头做的鸡，但精神上完全准备好了。其他鸡都不敢来挑战，只有落荒而逃。"

这则寓言故事通过训练斗鸡，比喻只有精神内敛，修炼内功，修养到家者，方为竞争中"上之上者"，方能在竞争中战无不胜。

亚洲斯诺克冠军得主丁俊晖在每场比赛中，不管对手进球如何，他都无太大反应，只管一心一意打好自己的球，这就体现出做事情容易成功的至高境界——"外气内敛，专情专注"，不管风吹浪打，我自岿然不动！

"金子总会发光的"，不用着急表现自己。让别人一点一点地发现你的才华和优点。古话说：真人不露相，露相非真人。一个人含蓄内敛，给别人留有足够的神秘感，有时候是保存自己实力的最好方法。

刘备也是这方面很好的例子。由于早期势力小处境差，常常要投靠他人，也由于斗争的需要，刘备沉默寡言（少语言），喜怒不形于色。刘备在徐州期间很不得志，寄人篱下，当时曹操有意试探他，请他饮酒。二人对坐，开怀畅饮。酒至半酣，忽然乌云滚滚，骤雨将至。曹操与刘备凭栏观看。曹操说："你经常在外游历，一定知道当世的英雄，请说说看。"刘备说："我见识浅薄，怎么认得出谁是英雄呢？"曹操说："不要太谦虚。"刘备说："我得到陛下的恩宠和庇护，得以在朝为官。天下的英雄，实在是没有见到过啊。"曹操说："现今天下的英雄，只有你我二人而已！"刘备听到这句话，露出很吃惊的样子，手里拿的筷子和勺子都掉在地上。这时正好大雨倾盆而下，雷声大作。刘备从容地低头拿起筷子和勺子说："因为打雷被吓到了，才会这样。"曹操笑着说："大丈夫也怕打雷吗？"刘备说："圣人听到刮风打雷也会变脸色，何况我怎么能不怕呢？"

刘备此言无疑遮人耳目，目的是避祸，实乃低调内敛、韬光养晦之计也。他便是这样保全了自己。在《三国演义》中的杨修则是一个反例。他从小智力过人、博学多才，上知天文、下知地理，他的才华高人一等，可是他的心气也"高人一等"，太爱表现自己，太爱张扬，结果成为曹操的眼中钉，最终上演了悲剧性的结局。

内敛的人，必然是用最少的悔恨面对过去，用最少的浪费面对现在，用最多的自信面对未来的人。这样的人生，是不是最智慧的人生呢？

低调是一种持久的魅力

群星不怕显得像萤火虫那样。

——摘自泰戈尔《飞鸟集》第48篇

群星都将自己隐藏得像萤火虫一样，大自然的智慧启迪我们：低调做人是一种人生境界，是生存与发展的大智，是一种做人的美德。有句格言说得好——"良贾深藏才名虚，君子盛德貌若愚"。诗人鲁藜说："把自己当作泥土吧，老是把自己当作珍珠，就有时时被埋没的危险。"这些格言都在告诫我们应该低调做人。然而，在有些人的眼中，低调常常被视为软弱可欺，实质上，低调是一种修养，更是一种智慧。假如一个人不会低调，或不愿低调，有时候就会造成可悲的结局。比如，青蛙的这则寓言故事。

两只大雁与一只青蛙结成了朋友。秋天来了，大雁要飞回南方，三个朋友却舍不得分开。大雁对青蛙说："要是你也能飞上天多好呀，我们就可以经常在一起了。"

青蛙灵机一动：它让两只大雁衔住一根树枝，然后自己用嘴衔在树枝中间，于是三个朋友一起飞上了天。地上的青蛙们都羡慕地拍手叫绝。这时青蛙听到地上的青蛙在议论："是谁这么聪明，想出这么好的办法？"那只青蛙生怕错过了表现自己的机会，想要大声说："这是我想出来的！"结果，刚一张口，它便从空中掉了下来，活活摔死了。

在生活中，有的人正像那只可怜的青蛙一样，愿意让别人说自己聪明、能干，总希望自己是高人一等的，却常常因此落个凄惨无比的下场。这个故事告诉我们，做人要有一颗平常心，不能太过张扬。

农谚说，越饱满的稻穗，头垂得越低。低调做人不仅可以保护自己、融入人群，与人和谐相处，更可以让人暗蓄力量，悄然前行，在不显山不露水中成就事业。比如故事中的强尼。

一位叫强尼的人，从小就想开一家属于自己的餐厅，只是苦于没有资金。有一天，他看见一家中级餐厅在招服务员，就前去应聘，没想到还真应聘上了。于是他就想到自己应该从小事做起，这样才能一步步地实现梦想。就这样，他成了一个小小的服务员。这家餐厅是一对夫妻开的，夫妻相继去世后，就留给了两个儿子打理。由于强尼工作努力，又头脑灵活，没过半年时间，就当上了餐厅的大堂经理。这时他的权力也逐渐大了起来，不仅自己挑选服务员，而且每次都亲自去进货。虽然餐厅的老板是兄弟两人，但是餐厅的主要负责人其实是强尼。后来，强尼将餐厅的主要事项基本摸清以后，就向老板提出想将这家餐厅买下来。两个老板一听非常惊讶，因为他们觉得强尼非常忠实地在餐厅做事，一直都很低调地负责餐厅里的大小事务，他们怎么也没有想到强尼竟然会将这家餐厅买下来。强尼提出的报价是270万美元，最终他以分期付款的方式将这家餐厅买了下来。后来他又开了几家连锁店，生意越做越好。

强尼正是因为低调做人，才达成了自己的目标。如果他一开始就表现出做老板的想法，胡乱显摆，估计干不了几天就被人扫地出门了。越是功成名就的人，越是低调做人的典范；越是能低调做人的人，越能在关键的时候成就一番事业。这是因为，低调做人的人，经常在暗中增加自己的广度和深度，厚积薄发。这是一种韬光养晦的策略，只有具有这种气度的人，才能在某个领域做出骄人的成就。

怎样做个低调的人呢？首先，要做到严于律己。低调者多律己，律己使人更加完善。

周总理在生活上一直保持着俭朴的作风，他的衣服不多，且几乎件件都是经过多重缝补的；他居住的地方是清朝时的老平房，虽然工作人员多次建议修补，但始终未被他采纳；他对于所乘坐的专车更是没有要求，并一直坚持乘坐国产的"红旗轿车"。这样的"低调"造就了一个令我们所有人都无比敬爱、无比怀念的周总理。同周总理接触较多的一些知名人士，对他廉洁俭朴的生活作风更是赞不绝口。宋庆龄曾说："周总理在个人生活和作风上，和他在政治上一样，是一个真正的共产主义者。"他的律己是大家所公认的，也是为人们所敬佩的。他的"低调"使他更加完美，更加令人钦佩。

其次，要懂得谦虚，低调者多谦虚，谦虚使人不断进步。牛顿是一位有多方面成就的伟大科学家，然而他非常谦逊。对于自己的成功，他谦虚地说："如果我见的比笛卡尔要远一点，那是因为我站在巨人的肩上的缘故。"他还对人说："我只像一个海滨玩耍的小孩子，有时很高兴地拾着一颗光滑美丽的石子儿，真理的大海还是没有发现。"这样的谦逊使牛顿能够正视自己，不断发现自己的不足，不断完善自己，使他能够不被褒奖和荣誉冲昏头脑，在自己的事业上不断进步。谦虚，使低调者更上一层楼。

第三，放低说话的姿态：面对别人的赞许恭贺，应谦和有礼、虚心，这样才能显示出自己的君子风度，得意时要少说话，而且态度要更加谦卑，这样才会赢得朋友们的尊敬。

低调做人，是一种品格，一种风度，一种修养，一种智慧。

谦逊为成功助力

白云谦逊地站在天之一隅。晨光给他戴上了霞彩。

——摘自泰戈尔《飞鸟集》第100篇

　　"满招损，谦受益。"这也正是泰戈尔诗句中所要表达的意思。人绝不能自高自大、自鸣得意、自以为是，而应该谦逊一些。傲慢者即使才华横溢也难免遭到旁人的冷眼和嫉妒，而谦逊者行事往往虚心有礼，便容易得到他人的认可和尊敬。孔子谈谦逊，在《论语》中是屡见不鲜的。他的弟子子路性格直率，过于鲁莽，很多时候表现得不够谦逊，孔子因此常常批评或教训他。

　　有一次，子路、曾皙、冉有、公西华四个人陪孔子闲坐，孔子说："你们平时总是说：'没有人知道我呀！'假如有人知道了你们，你们打算怎么办呢？"子路急忙回答说："一个拥有一千辆兵车，夹在大国之间，加上外国军队的侵犯，甚至还赶上荒年的国家，如果让我去治理，只需用三年的功夫，我就可以使人人勇敢善战，而且还懂得做人的道理。"孔子听了以"哂之"（微微一笑）表示对他的批评。孔子说："治理国家要讲礼让，可是，子路说话却一点不谦让，怎么能治理好国家呢？"

　　孔子自己便是谦逊的典范，他追求学问的态度，总是谦逊有礼，虚心汲取，这样他逐渐成了博学多才的人。在孔子住宅的附近有一条街叫达巷，达巷里的一个老百姓感叹："孔子这么渊博，他会的东西我们连名字都叫不上来。"孔子听到了这句话，谦虚地说道："我会什么呀？我会赶车罢了。"在孔子那个年代，有六种本领是一个有才能的人必须具备的，即礼节、音乐、射箭、赶车、识字、计算。在这六种本领中，赶车被认为是最低下的，孔子只承认了这一点，可见他是多么地谦逊。

《易经·谦卦》说："地中有山，谦。"如果是一座山，它谦虚地说自己是平地，别人也不会把它当平地，依然认为它是一座山。反之，如果是地，或是一个小土丘，却妄自尊大认为自己是山，那别人也不会相信它，只会贬低它。

扬名于世的音乐大师贝多芬，谦虚地说自己"只学会了几个音符"。科学巨匠爱因斯坦说自己"真像小孩一样的幼稚"。

谦逊的人不易受别人排斥，容易被社会和群体接纳和认同。一个功成名就而又谦逊得当的人，身价定会倍增。谦逊能赢得好人缘，成就一番事业。三国时刘备的成功便得益于他的谦逊。

三国时张松任益州别驾，奉命出使许都，想把西川的地图献给曹操。曹操一见张松其貌不扬，就没有好感。再加之其出言狂妄，更令曹操生气。于是叫人一顿棒打，把张松赶出了许都。没办法，张松只得转赴荆州。与曹操的态度相反，张松离荆州还很远的时候，刘备就派赵子龙前去迎接。到了界首馆驿，关羽又在那里恭候。等来到荆州城下，只见刘备领着文官武将，亲自出城相迎。这使得张松受宠若惊，感激涕零，泪别长亭之际，终于把西川地图献给了刘备。正因为有了这张地图，刘备才占得了进军天府的先机。

《三国演义》中，刘备始终是一个谦逊的人。礼贤下士、谦以待人，这是刘备能成为一方之主的重要原因。接而三顾茅庐方才见到诸葛亮，并以他的谦逊、诚心请诸葛亮出山，为他出谋划策，终建立了蜀政权。

美国的富兰克林是著名的政治家、科学家、《独立宣言》的起草人之一。他曾说自己人生中最重要的一课便是谦逊。一次，富兰克林到一位前辈家拜访，当他准备从小门进入时，因为小门低了些，他的头被狠狠地撞了一下。出来迎接的前辈告诉他："很痛吧！可这将是你今天拜访我的最大收获。要想平安无事地活在世上，就必须时时记得低头。这也是我要教你的事情！"从此，富兰克林牢牢记着这句话，并把"谦虚"列入一生的生活准则之中。

由此可见，谦逊者得人心，得人心者易成功，这是永恒不变的道理。

谦卑让我们接近伟大

当我们是大为谦卑的时候，便是我们最近于伟大的时候。

——摘自泰戈尔《飞鸟集》第57篇

古希腊著名的哲学家苏格拉底说："我只知道一件事——就是我一无所知。"我国古代有名的思想家教育家孔子也如此谦卑，他曾说，"三人行，必有我师。"学富五车的他不耻下问。著名物理学家牛顿说，"我只是海边捡拾贝壳的一个小孩，对于身边的大海，我一无所知。"他们的谦卑，不是虚伪矫饰，而是源于内心的气质。真正的智者，因为目光深邃，看到了天地的无穷，而深知自己的局限；因为视野阔远，看到了世界的广袤，而深知足迹的渺小。伟大的学者，经过格物致知，对我们生活的世界因为懂得而充满敬畏，更会用平和的心态来面对人和事。

所以泰戈尔说，伟大的人正因为懂得谦卑而成就了他们的伟大。这正如老子所说，"上德若谷"，一个人谦卑得像最低的山谷，所以天地间的水都得向此处汇聚，他便能不断进步，有所成就。也因此最能得到人们的爱戴。

学会做个谦卑的人，谦卑并不意味着自卑，而是一种在平凡中逐步积累起来的自信；谦卑亦不是平庸，而是脚踏实地、蓄势待发的态度。用余秋雨先生的话说："是一种明亮而不刺眼的光辉，圆润而不腻耳的声响，是一种无须声张的厚实。"做最谦卑的自己，如一颗种子，在短暂的埋没中，积蓄着生命的力量。

　　罗伊从孩童时代起就梦想成为一名生物学家。大学毕业以后，他横跨大陆，来到美国自然科学博物馆。馆长虽然很热情地接待了罗伊，却遗憾地告诉他，馆里没有空缺的职位，不能聘请他在这里工作。"你们不是想雇个扫地的人吗？让我来这里工作吧！""但是，哪有受了大学教育的人在这里扫地的呢？""话是这么说，"罗伊回答道，"我并不是愿意去扫所有地板，但我很乐意扫博物馆的地。"于是，罗伊开始他的工作，假日也从不休息。过了一段时间，标本科有了空缺，罗伊被调任该职。几年之后，有一个到阿拉斯加海岸研究鲸鱼的机会，罗伊志愿无薪参加。两三年后，他成为鲸鱼研究这方面的世界权威。其后，他又访问东方各国，发现了恐龙蛋。再过不久，他便担任了那家博物馆的馆长。

　　因为拥有一颗谦卑之心，罗伊从平凡中超越了自我，实现了自己的梦想。做最谦卑的自己，缩短梦与心的距离。水很谦卑，它总是向下流动，可它却流成了江河湖海；山很谦卑，它总是沉默寂静，可它却在无言中耸立成一座风景；春很谦卑，它总是在凌厉的冬后悄然而至，可它却温暖了生命；秋很谦卑，它总是在喧闹的夏后静静到来，可它却带来了收获。谦卑常常促进一个人取得成就迈向成功。古今中外，无数的成功者都深深懂得谦卑使人成功的道理。

　　刘邦懂得谦卑。他说："论运筹帷幄之中，决胜于千里之外，我不如张良；论稳定后方，安抚百姓，运送后需，我不如萧何；论集聚三军，攻必克，战必胜，我不如韩信。项羽有一范增而不能用，这是他失败的原因。"刘邦虽然在最初时实力弱小，但他能屈能伸，懂得在良将贤才面前保持谦卑的态度，使之为其所用，最终在垓下之战中彻底击败了"力拔山兮气盖世"的项羽，成就了一番帝业。

　　有时候谦卑还是恢宏气度的自然流露，是"天不言自高，地不言自厚"的从容。由此可见，谦卑的核心是心灵深处的善和自信。谦卑绝对不是软弱和胆怯，恰恰相反，它是一种坚定，一种超然。它是有力量的，它的力量不张扬，不引人注目，却像江水一般绵绵不尽。

懂得舍弃，成就自己

> 鸟翼上系上了黄金，这鸟便永不能再在天上
> 翔翔了。
>
> ——摘自泰戈尔《飞鸟集》第231篇

黄金是个诱惑，也是个多余的东西，想要展翅的鸟翼只有舍弃黄金，才能飞翔。这便是这则小诗的主旨。在我们的人生中，也要学会舍弃，舍弃诱惑，舍弃多余的东西，才能获得适合自己的东西，才能登得高、行得远。

英国19世纪伟大的道德学家塞缪尔·斯迈尔斯曾经说过："诱惑是一种慢性毒药，杀人于无形之中。"决定一个人能否成功的关键因素，除了他本身具备的专业能力外，更重要的是他那种抵御诱惑、洁身自好的内在品质。

一个难以抵制外界诱惑的人，处处受到不确定的因素影响，动辄被动改变原有的跑道，很难将自己真实能力全部发挥出来。而一个定力很强、足以抵御外界诱惑的人，即使他专业能力不是最优秀的，但由于他面对任何情况都可以保持冷静，从而能保证一个基本稳定的方向和速度。我们先以警犬的例子引出什么叫抵制诱惑的能力。

警察局要添置一批警犬，采购警员在一条价值10万元的警犬和一条价值100万元的警犬之间犹豫不决，他问老板："这两条警犬价格相差10倍，是不是因为它们捕取猎物的能力方面有很大差距呢？"

"不，它们捕取猎物的能力几乎一模一样。"老板答道。接着他当着警员的面把一袋海洛因藏了一个隐蔽的角落，然后把两条警犬放开。10万元的警

犬和100万元的警犬循味而去，几乎是同时找到了藏海洛因的地方。

警员大为不解："既然捕猎能力完全一样，为什么价格相差10倍？"老板又把海洛因放在了1公里外更远的地方，同样再把这两条警犬放开。起初10万元的警犬和100万元的警犬几乎沿着同样的方向、以同样的速度向正确的目的地跑去，但差别在途中出现一条母狗后开始显现。10万元的警犬开始烦躁不安，逐渐放慢了自己前行的脚步，并最终朝着母狗的方向跑去；而100万元的警犬则丝毫不为所动，依然以原来的速度威武有神地向藏海洛因的地方跑去。

"这就是它们价格相差10倍的原因。"警员恍然大悟。

在一粒芝麻与一个西瓜之间，我们一定明白什么是明智的选择。如果某种诱惑能满足我们当前的需要，但却会妨碍达到更大的成功，那我们就要屏神静气，站稳立场，经得住诱惑。

我们的人生要有所获得，就不能让诱惑自己的东西太繁多，努力的方向过于分散，我们要简化自己的人生，我们要经常地有所舍弃，把自己生活里的一些东西断然舍弃。金钱权势等等诱惑其实都不是生命的必需，我们要懂得适当地舍弃。

汤普森急救中心是伦敦一家著名医院。在中心接待大厅的显眼处，铭刻着这样一句话："你的身躯很庞大，但你的生命需要的仅仅是一颗心。"说这句话的是美国好莱坞影星利奥·罗斯顿。

1936年，利奥·罗斯顿在英国演出时因心脏衰竭被送进了医院。抢救他的医生使用了当时最先进的药物和医疗器械，遗憾的是仍然没有能挽救他的生命，于是一颗艺术明星从此陨落了。

利奥·罗斯顿的疾病源于肥胖，"你的身躯很庞大，但你的生命需要的仅仅是一颗心"是他临终时的遗言。这家医院的院长、著名的胸外科专家哈登为之黯然垂泪。为了警示后人，他决定将利奥·罗斯顿的遗言镌刻在医院的接待大厅墙壁上。

1976年，美国石油大亨默尔也住进了这家医院。他在为生意奔波的途中患了病，也是心脏衰竭，但他的运气却比罗斯顿好得多，一个多月后，他便病愈出院了。出院后，他没有再回生意场上去搏杀，而将自己几十亿资产的公司卖掉，所得款项捐给了社会慈善和卫生事业，自己则住到苏格兰的乡下别墅里开

始颐养天年。

　　1998年，80岁高龄的默尔在参加汤普森急救中心百年庆典时，有记者问他：当初为什么要卖掉自己的公司？他神采飞扬地指着刻在大厅里的那句话说：是利奥·罗斯顿提醒了我。

　　在默尔的传记里有这样一句话："巨富和肥胖并没有什么两样，不过是获得超过自己需要的东西罢了。"

　　多余的脂肪会压迫人的心脏，多余的金钱会拖累人的心灵，多余的追逐和幻想只会增加一个人生命的负担。人们要想活得健康和自在一点，就必须舍弃"多余"之物。

　　舍弃"多余"，是对围困自己的藩篱的一次突围；舍弃"多余"，是对束缚自己的背包的一次清理。丢掉那些你舍不得的包袱，拿走拖累你的行李，你才可以简洁轻松地走自己的路，人生的旅行才会更加愉快，你才可以登得高、行得远，看到更美更多的人生风景。

无愧于心，小草也伟大

绿草是无愧于它所生长的伟大世界的。

——摘自泰戈尔《飞鸟集》第117篇

正如这则小诗所言，绿草对伟大世界索取不多，一缕阳光，一抔并不肥沃的土壤，就能让它们绿意盎然，是它们生机勃勃地装扮了世界。所以，绿草虽然平凡，却无愧于它所生长的伟大世界。

大千世界，芸芸众生，我们都是平凡中的一员。平凡的事业、平凡的岗位、平凡的人，不平凡的是一颗奉献的心。平凡，像一串串晶莹剔透的珍珠，闪耀着鲜活的人格魅力。

许多伟大的事业或成就都是通过不经意的小事不断积累而来的。大自然如此，人类社会也是如此。我们的社会生活，正是由千千万万个平凡人物织就。那么多个体和社会群体数十年如一日，默默奉献着自己的力量。平凡的人，奉献的心，总是闪耀着最动人的光辉。

雷锋是我们耳熟能详的榜样。他只不过是一名士兵，却有着一颗仁慈的心，他帮助人民，却不求回报。他把这些帮助别人的事看成最平凡的小事。他愿意为人民赴汤蹈火，却不愿意为自己谋私利。是他的平凡让他的生命变得永恒。

八十二岁的苏三嫂被授予香港大学名誉教授，她在平凡的工作中打动了无数人的心。人们说，香港大学有三宝——铜梯、四不像和三嫂。三嫂已然成为人人心中的宝。其实三嫂不是腹有诗书，饱览古今的学者，只是香港大学食堂里一个平凡的厨师。她喜欢像妈妈一样倾听孩子们的苦与乐，照顾每一个有需要的人。就这样，几十年过去了，三嫂影响了一代又一代的人。她说："我并没有做什么，只是在平凡岗位中拎出心来对人而已。"

是这平凡中美丽的心，让普通士兵雷锋、不识字的三嫂绽放在万人心中。

哲人认为：自古平凡写春秋，平凡中孕育着伟大。

阿里巴巴总裁马云说："我们没法学习比尔·盖茨，也没法学习李嘉诚，因为他们实在太强大了，你也不知道应该怎样去学。真正的榜样一定在你附近。如果你刚开始开小饭馆，你的榜样应该在你斜对面的那个饭馆。他的饭馆为什么门口排队的人那么多，而我的店里服务员却比顾客多？他是你学习的榜样，榜样是一点一滴学上去的。如果你愿意从今天开始改变自己，一点一滴去做，那成功就不再遥远。什么是伟大的事？伟大的事就是无数次的平凡、重复、单调、枯燥地做同一件事。我们既要有像兔子一样的速度，又要有像乌龟一样的耐力。"马云的成功告诉了我们：先平凡做人，平凡做事，把小事做好，不管做什么，专心把每一项工作做好，这样就有可能成功。

苏霍姆林斯基诞生于乌克兰一个农民家庭，他最初的职业只是一名农村小学教师。然而，他热爱教师职业，从开始教师生涯的第一天起，就一边努力工作，一边勤奋学习，用知识充实自己，立下了为农村教育事业奋斗终生的誓言。苏霍姆林斯基每天起早贪黑地工作，白天从事教学和行政工作，晚上进行科研。他的著作不是什么鸿篇巨制，也不是什么艰涩的高深理论。然而，正是这些平实的实践和著作让他成为举世瞩目的教育理论家和实践家。

苏霍姆林斯基的魅力是无法抗拒的。他的精彩在于一生的时间里都在用心默默地做着教育这个伟大的事业。用他最朴实的方式，把一辈子所做的事情一件一件记录下来，这就是苏霍姆林斯基的研究，是他一生的伟大创举。

读他的书，我们似乎就能看到一位十分钟爱自己的职业、十分喜爱自己的学生、十分用心做着教育事业的普普通通的教师、校长、具体实在的教育工作者。他的身影是那么平凡，却那么伟大。在细碎的平凡工作里，他成就了崇高而伟大的事业。没有对平凡的热爱，只会变得平庸。那伟大的人物，曾经，也都是平凡的小角色。他们在平凡中默默积蓄力量，等待有力量拨开乌云，绽放出明媚的阳光。

第四章 正视缺点，完善自我

ZHENGSHI QUEDIAN WANSHAN ZIWO

嫉妒让生活缺失快乐

当草地上的花正妒忌她时，被攀折的花儿却在帝王的花冠上苦笑着。

——摘自泰戈尔《流萤集》第182篇

这则小诗告诉人们：草地上的花儿嫉妒那被攀折的花儿可以插在帝王的花冠上——夺目耀眼，可它何尝知道，自己没被选中，却拥有更长久的生命，这是多么可贵！它不知道那被它嫉妒的花儿却在羡慕它的自由。

嫉妒的人看不到自己所拥有的东西的可贵，也不能用心平气和的态度去看待别人的好东西。他们一直活在比较之中，在失败和不甘中痛苦，生活变得没有快乐可言。这山望着那山高，是嫉妒的本质。一个性好嫉妒的人，内心已经失去判断的能力，因为他已经不知道什么样的东西才是真的好，而只是一味地与别人进行比较，要等到压倒别人之后才敢相信自己的东西是好的。下面的故事能给我们一点启示。

一连几天，杰克的心情都不是很好。情绪烦躁，吃不香睡不好，自从克里奇搬来和他成为邻居后，他就变成了现在这个样子。

克里奇和杰克开着一样的凯特汽车，没想到前不久他竟然开了一辆新的劳斯莱斯，那可是杰克梦寐以求的汽车啊！杰克知道自己的经济能力还没达到享受劳斯莱斯汽车的程度，但每天看着邻居神气的样子，他的心里实在不好受。

杰克的朋友莱克斯劝告他，养一只小狗吧，这样也许会让他慢慢好起来。莱克斯给杰克送来了一只小狗，很可爱，名叫汤姆。杰克给汤姆买了很多好吃的香肠。刚开始的时候，汤姆还吃些香肠，自从见到了克里奇，它便再也不肯吃杰克买的东西了。

汤姆总是用爪子去敲克里奇的门，有一次克里奇给了它一根香肠，很快便被汤姆吃得精光。从此，汤姆几乎每天都会去克里奇家讨一些食物来吃。这样过了一段时间后，克里奇只得摊开双手，表示他家里已经没有好吃的东西了。可是汤姆并不甘心，依然不停地用爪子去敲克里奇的门。于是克里奇只好拿来一些吃剩的冷面包。令杰克吃惊的是，连他给的香肠都不肯吃的汤姆，竟然会吃邻居克里奇给的冷面包！

莫非汤姆吃腻了好东西，喜欢上了冷面包？可是当杰克给汤姆冷面包的时候，它却连看都不看一眼！杰克实在没办法了，尽管心里很不愿意，但还是将汤姆送给了克里奇，克里奇高兴地收养了汤姆。

还没过几天，汤姆便用爪子来敲杰克的门。杰克给了它一根香肠，它很快便吃了个精光。当汤姆吃完了杰克买的所有香肠和狗粮后，杰克再也不想给它买任何吃的东西了。因为它已经不属于杰克，而属于他的邻居克里奇。

那天当杰克开车去上班的时候，他看到克里奇在后面追了上来。克里奇焦急地问："您家里还有香肠吗？"杰克摇了摇头。克里奇接着问："狗粮也没有吗？"杰克又摇了摇头。"那么，"克里奇再次问："您家里难道连吃剩下的冷面包也没有吗？"

后米，汤姆还是被杰克的朋友莱克斯带走了。莱克斯告诉杰克，这是科学家最新试验出来的一种狗，因为给它加入了人类的嫉妒因子，所以它总是这山望着那山高，总以为别人的东西都是好的。朋友莱克斯送给杰克那只狗的用意实在很明显，也很让杰克汗颜。

杰克和邻居克里奇恍然大悟。杰克当即向克里奇道歉说："对不起，我不应该嫉妒你的劳斯莱斯汽车。"令杰克意外的是，克里奇居然也向他道歉："应该说对不起的是我，杰克先生。我嫉妒你家的房子比我的漂亮，所以我将自己原来的汽车外加一个后花园卖了，才买来一辆劳斯莱斯汽车，想让自己的心理得到一点平衡。"

要防范嫉妒的侵害，需要先强大自己的内心，学会看见和肯定自己的好，用一种愉悦的心态去欣赏别人的好。

骄傲会毁了你自己

在膨胀的自傲中，水泡怀疑大海的真理，它大笑起来，便碎裂成一团虚无。

——摘自泰戈尔《流萤集》第126篇

  莎士比亚曾经说过："一个骄傲的人，结果总是在骄傲里毁灭了自己。"正如诗中的水泡，有些人面对胜利产生了自满和骄傲的心理，被胜利冲昏了头脑，导致停滞不前，甚至失败。方仲永的故事大家都听过，这里有一个对他骄傲自满情绪描写得既细致又生动的版本。

  北宋时期，民间出现了一位神童，名叫方仲永。他在六岁时便能很流利地背诵出几百首唐诗，并且声称自己可以写出诗来，但是所有的人只是听说而已，从来没有亲眼见过他写诗。即便是这样，周围的邻居们对他也是赞叹不已，把他当作榜样来教育自己的儿女。

  有一年春节，方仲永的父亲带着他到好朋友刘伯家做客，刘伯非常热情地接待了他们，并大摆宴席，因为方仲永聪明过人，所以也被刘伯安排到大人们聚集的桌上。其实刘伯的心中有他的打算，因为他听说方仲永这么小的年龄就可以作诗，心中有些怀疑，所以想趁着今天这个大好的机会来考考他，看看传闻是否真实。

  酒过三巡、菜过五味的时候，刘伯举起酒杯站起身来走到方仲永父子身边，对方仲永的父亲说道："老弟啊，你可是养了一个好儿子啊！街坊邻居们谁不夸他聪明伶俐呀？他能一口气背出几百首唐诗，这么小的年纪真是不容易啊！"方仲永的父亲微微一笑，对刘伯说道："过奖了，小儿只是比其他孩子多些勤奋而已，并不是什么天资聪颖。"刘伯借着酒劲未消接着说道："我听说方仲永可以即兴作诗，不知此事是否属实？因为他只有六岁，我不大相信这个传闻，今天正好大伙都在场，我想当众考一考他，怎么样？"

方仲永听到这里，把手中的鸡腿放在盘子里后，小眼珠一转，他心想：刘伯这是不相信我会作诗，想借此机会考一考我。看来我今天不露一手是不行啦，要不然他们今后会瞧不起我的。所以，他用小手抹了抹嘴上的油，上前答了话："刘伯伯，您说得没错，我可以写诗。这样吧，今天我也很高兴，为了感谢您今天的款待，您现在就出题目吧，我当众作诗。"

刘伯喝干了杯中的酒，用眼睛环顾了一下四周后开始出题："贤侄，你就以今天我们相聚为题即兴做一首诗吧。"

方仲永把小眼睛一眨，低头沉思了片刻念道："佳肴设美景，杯酒映亲朋。化成交心论，说与几代听。"

"好诗！"刘伯把巴掌拍得山响，点头称赞道。

在座的人也无不叫好，此时，方仲永的父亲脸上去掉了紧张的神情而露出了得意的微笑。

接下来，宴席上的谈话内容只剩下了对小方仲永的赞美。方仲永的父亲此时已经乐得连嘴都合不拢了。

从此，方仲永即兴作诗的事被传为美谈，他被方圆十里的乡亲称为"神童"。

所有的乡亲都想方设法地请方仲永父子到家里做客，方仲永从此每天的日程安排得非常满。方仲永开始觉得自己越来越了不起，逢人便给他们解释那首他即兴做出的诗，众人每当听到他做解释的时候都是洗耳恭听，想从中学习些什么。

方仲永到了十岁的时候，他和他的父亲又来到了刘伯家里做客，在宴席上，刘伯又让方仲永当众作诗。方仲永站起身来，用不屑的眼光看了一下周围的人说道："我认为我的诗的境界已经超过了唐诗的水平，比如上回我写的那首诗中，最朴实的话就是'佳肴设美景'，最形象的话就是'杯酒映亲朋'，最有意境的话就是'化成交心论'，最感人的话就是'说与几代听'。"

刘伯和众人听后一直在点头，口中称是。刘伯接着说道："贤侄，我们想

听你再作一首诗，如何？"

方仲永想都没想，张口念道："佳肴设美景，杯酒映亲朋……"

"不是"刘伯急忙打断了方仲永道："我是说你再做一首新诗出来让大家欣赏一下。"

方仲永迷惑不解地说道："新诗？我还没有写出来呢。我刚才说的诗是我所写的最后一首啊！"

方仲永这个神童，就是因为自满而让自己沦为了一个笑柄，有句话说："盛名之下，难副其实。"当一个人在某方面获得一些成绩时，外界随之而来的鲜花和掌声往往会使他的成就感无形中膨胀起来，所带来的后果就是感觉自己在这方面已经处于登峰造极的程度，更有甚者，会认为自己无所不能。尤其是当外界在夸大事实的基础上对其加以吹捧的话，会使被吹捧之人的骄傲心理膨胀的速度加快。这种影响尤其在一个人少年得志时显得更加突出，因为年轻，所以缺乏应有的判断力而极易被外界的吹捧所迷惑，最后盲目地抬高自己，产生出骄傲心理。

古今中外，凡是有前途的人，都与"胜不骄，败不馁"有着直接关系。一个有定力的人不会在成功时被鲜花和掌声所淹没，这样的人往往会取得更大的成就。曾4次获得奥运金牌，14次获得世界冠军头衔，闻名世界的、被誉为"乒乓女皇"和"乒坛小个子巨人"的我国乒乓球运动员邓亚萍就是一个这样的典型。

邓亚萍从6岁开始学习乒乓球，凭着顽强的意志力和奋勇拼搏的精神，练了一身本领。13岁夺全国冠军，15岁夺亚洲冠军，16岁在世界锦标赛成为单打和双打双料冠军，20岁时成为名副其实的乒坛皇后，为祖国争光，被评为世界乒乓球一号种子选手。这是多么令人瞩目的成绩，但她在胜利面前从不骄傲，依然保持清醒的头脑，训练仍旧十分刻苦，并总是不断追求更新、更高的目标，邓亚平每次获奖后，总是把奖杯和奖牌交给爸爸保管，然后又开始自己紧张的训练。她说："一切从零开始，永远从零开始。必须在技术、战术上不断创新，下一回让对手看见一个新的邓亚萍。"

上述故事都印证了"骄傲使人落后，虚心使人进步"的道理。让我们不断调整自己的目标，时刻谨记"山外有山，人外有人"的道理，不要妄自尊大。

自以为是只能说明你的浅陋

沟洫总喜欢想：河流的存在，是专为着供给它水流的。

——摘自泰戈尔《飞鸟集》第166篇

沟洫的想法其实是以自我为中心，自以为是。自以为是，是一个人无知浅陋的体现，这种人往往目中无人，在骄傲张狂中暴露了自己的无知，让人觉得可笑。

在《庄子·秋水》中，庄子讲了这样一个故事：在一口废井里，住着一只青蛙。一天，青蛙在井边碰见一只从东海来的大鳖。青蛙自豪地对海鳖夸口说："你看，我住在这里多么惬意呀！我要高兴，就在井边跳跃游玩，累了就到井壁石洞里休息。有时把身子舒服地泡在水里，有时愉快地在稀泥中散散步。你看旁边的那些小虫、螃蟹和蝌蚪，它们谁能比得上我呢！我独自占据这口废井，多么自由自在！先生为什么不经常到井中观赏游玩呢？"海鳖听了青蛙的一番高谈阔论，就想进入井中看看。可是，它的左脚还没有完全伸进去，右脚就被井栏绊住了。它只好后退几步，把它看到的大海的情景告诉青蛙："你见过大海吗？海的广大，岂止千里；海的深度，何止千丈。古时候，十年里就有九年闹水灾，海水并不因此增多；八年里就有七年闹旱灾，海水却不因此而减少。大海不受旱涝影响，住在广阔无垠的大海里才是真正的快乐。"

唐朝大文学家韩愈在他的《原道》中写道："坐井而观天，曰天小者，非天小也。"意思是说，坐在井里观察天空，就会觉得天很小很小。其实不然，

不是天太小，而是由于看天的人站得低、眼光太窄的缘故。"井底之蛙"用来讽喻那些见识狭窄、短浅，而又盲目自大、自以为是的人。

庄子在《秋水》中讲述的另一则寓言，也告诫了世人见识浅陋、自以为是的可笑。

河伯是黄河之神，到了涨水的季节。百川灌河，他看到径流如此宽大，分不清两岸边牛马的形状，自以为天下之美尽在于己。北海若是海神，大海浩瀚无边，无有穷尽，河流所谓的涨水干旱，于他来讲，动静实在太小，根本算不上什么。

当河伯一路趾高气扬走来，遇到大海，才突然发现自身竟是那般渺小，好似井底之蛙，先前的志得意满毫无意义，只闹出了贻笑大方的笑话。北海若神与之截然相反，并没有一丝的自以为是。我们在生活中也有这样的体会：越是博学深邃、视野广阔的人因为懂得很多，越会觉得学无止境，越会对许多事物心存敬畏。

自以为是的人往往视野狭窄，消息闭塞，缺乏"天外有天，人外有人"的见识。所以说，越浅陋越会自以为是。

汉朝的时候，在西南方有个名叫夜郎的小国家，它虽然是一个独立的国家，可是国土很小，百姓也少，物产更是少得可怜。但是由于邻近地区以夜郎这个国家最大，从没离开过国家的夜郎国国王就以为自己统治的国家是全天下最大的国家。有一天，夜郎国国王与部下巡视国境的时候，他指着前方问："这里哪个国家最大呀？"部下们为了迎合国王的心意，于是就说："当然是夜郎国最大啰！"走着走着，国王又抬起头来、望着前方的高山问："天底下还有比这座山更高的山吗？"部下们回答说："天底下没有比这座山更高的山了。"后来，他们来到河边，国王又问："我认为这可是世界上最长的河川了。"部下们仍然异口同声回答说："大王说得一点都没错。"从此以后，无知的国王就更相信夜郎是天底下最大的国家。有一次，汉朝派使者来到夜郎，途中先经过夜郎的邻国滇国，滇王问使者："汉朝和我的国家比起来哪个大？"使者一听吓了一跳，他没想到这个小国家，竟然无知的自以为能与汉朝相比。后来使者到了夜郎国，骄傲又无知的国王因为不知道自己统治的国家只和汉朝的一个县差不多大，更是不知天高地厚地问使者："汉朝和我的国家哪个大？"

于是，便有了"夜郎自大"这个成语，用来比喻骄傲无知、肤浅自负或自大的行为。纵观这些寓言、成语，我们不难感受到自以为是总与狭隘、浅陋、骄傲无知等毛病紧密相连。看到别人坐井观天、夜郎自大，我们可能会很不解，他们怎么会那么没有自知之明？其实，我们也不一定就比他们好。人最难了解的是自己，那需要特别的智慧，否则一不小心就会掉入眼界狭小的"陷阱"。例如，我们可能会不自觉地拿自己的专业知识来跟非专业人士比较，这样发现对方懂得少，就觉得自己聪明，这岂不就是"井底之蛙"？

在生活中，自以为是的人会给自己招致危害：平时对人对事以自我为中心，总认为自己的才是对的，做骄傲张狂的姿态，咄咄逼人，很容易挫伤别人的自尊心，使人产生厌恶感。从而导致工作效率低，人际关系差，经常受批评，生活不如意等等。如果想要克服自以为是的毛病，就需要摆正位置，多沟通，多咨询，不自作主张，勤思考。谦虚低调，友好待人。最重要的是虚心好学，做个博学多思、见识广阔深邃的人。

势利让人自取其辱

玻璃灯因为瓦灯叫他做表兄而责备瓦灯，但当
明月出来时，玻璃灯却温和地微笑着，叫明
月为——"我亲爱的，亲爱的姊姊。"

——摘自泰戈尔《飞鸟集》第53篇

玻璃灯的可笑和鄙陋在于它的势利。中国有句古话——"君子喻于义，小
人喻于利"，势利的人往往是小人。在生活中，人们都会讨厌势利的人。从古
至今，耻笑势利小人的故事就有不少。

郑板桥在一寺院游玩偶遇方丈，郑先生衣着俭朴，方丈以为是一般俗客，
就冷淡地说了句"坐"，又对小和尚喊"茶"。一经交谈，方丈顿感此人谈吐
非凡，就将郑板桥引进厢房，一面说"请坐"，一面吩咐小和尚"敬茶"。又
经细谈，得知来人是赫赫有名的扬州八怪之一的郑板桥时，方丈急忙将其请到
雅洁清静的方丈室，连声说"请上坐"，并吩咐小和尚"敬香茶。"最后，这
个方丈再三恳求郑板桥题词留念，郑板桥思忖了一下，挥笔写了一副对联。上
联是"坐，请坐，请上坐"；下联是"茶，敬茶，敬香茶"。方丈一看，羞愧
满面，连连向郑板桥施礼，以示歉意。

势利的方丈前倨后恭，羞愧难当。《儒林外史》一书中的胡屠户也是势
利眼的典型代表，其滑稽可笑的形象让人印象深刻。范进中举前潦倒穷困，胡
屠户辱骂他为"现世宝""穷鬼"，说他的相貌"尖嘴猴腮"，讥笑他想中相
公是"癞蛤蟆想食天鹅肉"；提到万贯家私的张老爷等，便说是"文曲星"下

凡，"一个个方面大耳"。后来，范进中了举，发了疯，别人叫他打醒范进，他面有难色，说不敢打天上的星宿。范进清醒后回家，他一路低头替范进把滚皱了的衣裳后襟扯了几十回。

势利小人没有做人的尊严。对有财有势的人趋奉，对无财无势的人歧视。然而，财和势本身就不是永恒的，而是无常的。势利的人最终免不了自取其辱。势利的人很难会有真诚和真心的朋友。他们对"重要人物"恭谦有加，而对其他的人要么毫不在意，要么傲慢无礼，他们最终失去人心，这样的人际代价是不值得的。古人说得好，"以势交者，势倾则绝；以利交者，利穷则散，故君子不与也。"

汉代有一个名叫朱晖的人，他在读书的时候，结识了一位大官，名叫张堪。朱晖和张堪是同乡，张堪很器重朱晖。但朱晖认为自己只是一名学生，不敢与人交往过密。有一次张堪对朱晖说："你真是一个自持的人，值得信赖。"从此朱晖得到了重用。后来张堪死了，因为为官清廉，死后没留下什么丰厚的遗产。朱晖知道张堪去世的消息后，感于张堪的知遇之恩，便千方百计地对张堪的家人济以钱粮，并经常去问寒问暖。朱晖的儿子不解地问："爸爸，我们以前没有听说过你与张堪有什么厚交，你为什么如此厚待他的家人？"朱晖说："张堪生前，曾对我有知己相托之言，现在他家失势了，我应尽相助之力。做人不能势利。"

摒弃势利的为人之道，持不卑不亢的姿态，与他人相处，便会守住自己的尊严，也会赢得社交方面的成功，赢得他人的敬重。

借口的实质是推卸责任

我们把世界看错了，反说他欺骗我们。

——摘自泰戈尔《飞鸟集》第75篇

泰戈尔告诉我们：自己把世界看错了，不要找出借口说"世界欺骗了我们"。我们在日常生活中经常听到这样一些借口：迟到了，会有"路上堵车""手表停了"等借口；考试不及格，会有"出题太偏""题量太大"等借口；做生意赔了本，学习工作落后了也有借口……只要去找，借口总是有的。

任何借口都是推卸责任，在责任和借口之间，选择责任还是选择借口，体现了一个人为人处世的态度，美国成功学家格兰特纳说过这样一段话："如果你有自己系鞋带的能力，你就有上天摘星的机会。"一个人对生活对工作的态度是决定他能否做好工作的关键。如果遇到问题时，总是寻找各种各样的借口来为自己开脱，并且养成了习惯，这是危险的。因为寻找借口，会致使一个人疏于努力，不再想方设法争取成功，学业荒废，工作无绩效，同时还会使得一个人失去别人的信任，失去朋友。当我们想要寻找借口时，也许会愿意听听这个故事。

1968年，在墨西哥城奥运会上，坦桑尼亚选手艾哈瓦里在参加马拉松比赛过程中受伤，当他缠着绷带、拖着流血的伤腿一瘸一拐地最后一个人跨过终点线时，数万人的会场，全场观众起立，雷鸣般的掌声经久不息。那是一个感人至深的场面。虽然此时离枪响已经过了近4个小时了，天色也渐渐暗淡下来，但人们仍然向这位勇士表达了他们最崇高的敬意。当被问及为什么不索性退出比赛时，艾哈瓦里笑了笑，只轻轻说了一句："我的祖国，把我从7000英里外送到这里，不是让我开始比赛，而是要我完成比赛。"

没有任何借口，没有任何抱怨，职责就是他一切行动的准则。艾哈瓦里的名字和这句话从此成为奥运史上的一个经典。

没有借口，看似冷漠，缺乏人情味，但他却可以激发一个人的最大潜能，无论你是谁，在人生中，无需任何借口，失败了也罢，做错了也罢，再妙的借口对于事情本身没有丝毫的益处，许多人生中的失败就是那些一直麻痹着我们的借口造成的。成功的人都是勇于承担责任的人。

一个总是找借口逃避、推卸自己责任的人，不仅胆小懦弱，而且虚伪无能，这样的人怎能不被他人鄙视？19世纪英国最伟大的小说家查尔斯·狄更斯说："人能尽自己的责任，就可以感觉到好像吃梨喝蜜似的，把人生这杯苦酒的滋味给抵消了。"做错了事要承认是自己的责任，要自己来承担，尤其是通过自己的劳动来补偿，才会有甜美的感觉。

1920年，里根11岁。有一天，他和小朋友在院子里踢足球时，不小心将邻居家的玻璃打碎了。邻居很生气，非要他赔偿12.5美元。当时的美国，12.5美元是笔不小的数目，里根吓得赶紧回家，恳求父亲帮帮他。父亲却说："我不会替你还钱！你现在首先要做的就是先到邻居家赔礼道歉，而后自己还钱。"里根一脸的不解："我赔？我哪有那么多钱啊？"父亲说："你必须对自己的过失负责！我可以借钱给你！但一年后你必须还给我。"

按照父亲的要求，里根到邻居家还了钱，而后便开始了艰苦的打工生活。虽说他才11岁，父亲却对他充满了希望，相信他一定能成功！半年后，里根终于挣够12.5美元，对一个11岁的男孩儿来说，这是一个"天文数字"，但里根却靠自己的双手，弥补了自己的过错。

后来，里根成了美国的总统。可只要里根回忆起此事，他就会说："通过自己的劳动来承担过失，使我懂得了什么叫责任。"

一个有责任心的人就拥有了至高无上的灵魂和坚不可摧的力量。无论一个人做的是什么工作，只要他勇敢地担负起责任，他所做的就是有价值的，就会获得尊重和敬意。一个有责任心的人在别人心中就如同一座有高度的山，不可逾越，不可挪移。渴望成功，那么，就先从一个有责任心的人做起吧！

嘲笑是无知的表现

瞬刻的喧声，讥笑着永恒的音乐。

——摘自泰戈尔《飞鸟集》第96篇

喧声的浅俗和无知正体现在它讥笑永恒的音乐。有句话说得好："讥笑别人的无知，常常显示着我们自己的无知。"就像一首诗中所说的"我们嘲笑笼中的鸟，却没意识到我们的心又何时飞过世俗的牢笼；我们嘲笑被链子拴住的狗，却还不知道链子乃拴在心上；我们嘲笑井底之蛙，可我们也不曾完整地看过广阔的天空。"很多时候，嘲笑别人的人如同"乌鸦笑猪黑——不看自己是啥色"，他不知道，实际上他的能力并不会比被嘲笑者强。

一个有内涵和修养的人是不会讥笑他人的，因为他知道："金无足赤，人无完人。"每个人都有缺点，也各有优点，嘲笑别人其实是自以为是的无知表现。讥笑他人，只会让自己的人格显得低下。讥笑他人会跟朋友疏远，会被别人孤立，会引发旁人眼里的敌意，甚至会造成恶果。

佛经中就有告诫世人不要讥笑他人的故事。

佛陀对阿难说："过去在迦叶佛的时候，有一个少年出家的僧人声音十分好听，他诵读经书人人爱听。另外有一个年老的僧人，老眼昏花，而且声音混浊不清，读经书十分难听，但是修行功德却非常深厚，已成罗汉。年少的僧人自认声音优美而瞧不起老僧，讥笑他的声音就像是狗叫。那老僧听了十分生气，对他说：'你知道吗？虽然我的声音没你好听，但我已修成了罗汉正果。'由于年少僧人恶语伤人得到报应，在后世的五百年中沦为狗身。"

在现实生活中有的悲剧也正是因为讥笑他人而酿成的。

2004年，中国发生了一个很大的刑事案件，一个叫马加爵的大学生，杀了自己的四个同学。原因就是这些同学常常讥笑他、辱骂他，他的怨气慢慢上升，直到不受控制了，便做出这样残酷的暴行。

《弟子规》中说："人有短，切莫揭；人有私，切莫说。""扬人恶，即是恶。""勿谄富，勿骄贫。"我们应该对人都是一片恭敬之心，这样，我们的人生就会化解很多恶缘跟灾难。一个爱讥笑他人、不尊重他人的人，会给他的人生旅途增添危机和阻力。

我们不去讥笑他人。然而，当我们在生活中遭遇到他人的讥笑时，我们应该怎样做呢？

不要气恼，生气是拿别人的错误折磨自己。爱讥笑的人是肤浅的，不跟他一般见识。不要因为别人的话而对自己的各个方面产生怀疑，对自己的人生失去信心。讥笑你的人往往太渺小，你要让自己在心中活得高大。静下心好好提高自己，做你自己，正常的自己，自信的自己，坦然地面对嘲笑你的人，用你的胜利证明他们的无知，反驳他们的嘲笑。

与其自吹，不如低调

> 青烟对天空夸口，灰烬对大地夸口，都以为它们是火的兄弟。
>
> ——摘自泰戈尔《飞鸟集》第235篇

青烟和灰烬的夸口都是自吹自擂。俗话说，"满瓶水不响，半瓶水响叮当"。只有那些肤浅的人才喜欢在别人面前吹嘘自己，他们总是陶醉在自我营造的浅薄氛围中自娱自乐，这样会让人心生反感。事实上，我们都不喜欢那些自吹自擂把自己变成焦点的人。经验告诉我们，高调的自吹不能证明自己的能力，低调谦虚也不是向世人宣告自己无能。相反，炫耀和自夸不仅不会带来任何好处，反而可能带来灭顶之灾。

有一只小乌龟，甲壳非常坚硬。野兔、刺猬之类的小动物站在它身上，不但不会被压垮，它还能驮着到处爬动。于是，它觉得自己很了不起了，就自吹自擂起来："你们太轻了，太轻了。踏在我身上，简直就像一片鸿毛。"野兔好奇地问："你能驮得动大象吗？""那太轻了，对我而言，将是一件轻而易举的事情，它在哪里？让它来吧。"乌龟得意洋洋地说。恰好一只大象路过这儿，听到了小乌龟的大话，它哈哈大笑："这倒是件新鲜事啊，我们大象能驮动别的东西，可从没听说过有谁能驮得动我们的。今天我倒要看看你这小家伙的本领。"小乌龟瞥了大象一眼，大象真像一座山，可是小乌龟的傲气竟比山还要大。它说："好吧，我要让你见识一下我的本领。你到我背上来吧。"说着，它伸伸脖子，挺挺身架。大象的一只脚刚踏上小乌龟的背，喀嚓一声，可怜那自不量力的小乌龟就这样白白结束了生命。

这则寓言故事揭示了一个做人不要自吹自擂、否则就要吃大亏甚至性命不保的真理。很多成功的人懂得这点，他们即使取得了成就，也能淡然处之，从不自吹自擂，也因为如此，他们更能受到人们的尊重和欢迎。

美国前总统柯立芝在爱莫斯特大学的最后一年，曾经被美国历史学会授予一枚金质奖章。在当时，这是一个被无数人看重的荣誉，可他没有对任何人说起过这个事，甚至连自己的父亲也不例外。直到他大学毕业参加工作之后，他的上司无意中在《斯普林共和杂志》上看到了对这一事情的报道，对他极为赞赏。正是他的低调谦虚使他在竞选麻省议员连任时，手提袋里装满了大多数议员亲笔签名推举他为议员的联名信。后来他顺利地出任麻省议会议长，从而迈开了走向政坛的步伐。谁都想保荐一个真诚而谦虚的人，这就是秘诀。

"山不解释自己的高度，并不影响它耸立云端；海不解释自己的深度，并不影响它容纳百川；地不解释自己的厚度，但没有谁能取代它承载万物的地位。"做个有内涵的人，正当如此。

贪恋荣誉会活得很累

荣誉羞着我，因为我暗地里求着它。

——摘自泰戈尔《飞鸟集》第207篇

《飘》的作者玛格丽特·米切尔说过："直到你失去了荣誉以后，你才会知道这玩意儿有多累赘，才会知道真正的自由是什么。"正如泰戈尔小诗的意思，盛名之下，是活得很累的身和心。

改革开放的风云人物、"胆大包天"的均瑶集团董事长王均瑶，因患肠癌医治无效，在上海逝世，年仅38岁。英年早逝，令人扼腕。作为浙江民营企业新一代的领军人物之一，他的死成为社会关注的焦点。王均瑶之死不是孤例，而是一个现象，反映出名人在精神和体力上普遍的过劳状态。在人们眼里，名人总是被鲜花和荣誉所缠绕着，比如王均瑶是十届全国政协委员，并获得过浙江省"优秀私营企业家""上海十大杰出青年"等众多的荣誉。然而，名人真实的生活状况是否真的像他们表面所展现的那样光鲜，却要画上一个大大的问号。被荣誉的光环笼罩的人很多时候是不自由的：吃得好，营养少；喝酒多，吃饭少；陪笑多，欢乐少；住店多，回家少；看似潇洒，其实内心孤独。他们在成就个人辉煌的同时，却也牺牲了许多个人时间。

看淡虚名，别被荣誉累垮了。金钱、桂冠等都是身外之物，只有生命最美、快乐最贵。古今中外，为了生命的自由、潇洒，不少智者都懂得与名利保持距离。庄子即是一个很好的例子。

惠施在梁国做了宰相，庄子想去见见这位好朋友。有人急忙报告惠子，道："庄子来，是想取代您的相位哩。"惠子很慌恐，想阻止庄子，派人在国中搜了三日三夜。哪料庄子从容而来拜见他道："南方有只鸟，其名为凤凰，您可听说过？这凤凰展翅而起。从南海飞向北海，非梧桐不栖，非练实不食，非醴泉不饮。这时，有只猫头鹰正津津有味地吃着一只腐烂的老鼠，恰好凤凰从头顶飞过。猫头鹰急忙护住腐鼠，仰头视之道：'吓！'现在您也想用您的梁国来吓我吗？"惠子十分羞愧。

一天，庄子正在濮水垂钓。楚王委派的二位大夫前来聘请他道："吾王久闻先生贤名，欲以国事相累。深望先生欣然出山，上为君王分忧，下为黎民谋福。"庄子持竿不顾，淡然说道："我听说楚国有只神龟，被杀死时已三千岁了。楚王珍藏之以竹箱，覆之以锦缎，供奉在庙堂之上。请问二大夫，此龟是宁愿死后留骨而贵，还是宁愿生时在泥水中潜行曳尾呢？"二大夫道："自然是愿活着在泥水中摇尾而行啦。"庄子说："二位大夫请回去吧！我也愿在泥水中曳尾而行哩。"

庄子不慕名利，不恋权势，为自由而活，可谓洞悉幸福真谛的聪明人。

人活在世界上，无论贫穷富贵，穷达逆顺，都免不了与名利打交道。淡泊名利是一种境界，追逐名利是一种贪欲。放眼古今中外，真正淡泊名利的很少，追逐名利的很多。今天的世界是五彩斑斓的大千世界，充溢各种炫人耳目的名利诱惑，要做到淡泊名利确实是一件不容易的事。我们要想活得潇洒自在，要想过得快乐幸福，就必须做到：淡泊名利的享受、割断权与利的联系，无官不去争，有官不去斗；位高不自傲，位低不自卑，欣然享受清新自在的美好时光，这样才会感受到生活的快乐和惬意。

爱慕虚荣只会流于肤浅

眼不以能视来骄人，却以它们的眼镜来骄人。

——摘自泰戈尔《飞鸟集》第256篇

再华丽的外表也无法掩饰空虚的心灵。很难想象一个爱慕虚荣的人能有多大的成就，因为他总是看重一些表面上的东西，而不是踏踏实实地生活和工作。

每个人都希望得到别人的认可和赞扬，可是如果过分追求这些，就会使自己陷入虚荣的陷阱，在沾沾自喜中失去自我。当一个人只是为了虚荣而奔忙时，自己就会变为虚荣的奴隶，被其驱使，为其所累。

要克服虚荣心，关键要树立正确的荣辱观，即对荣誉、地位、得失、面子等持有一种正确的认识和态度。不可过分追求荣华富贵、安逸享受，否则就会真的陷入爱慕虚荣的怪圈当中。

男孩和女孩是一对青梅竹马的恋人。有一天，男孩女孩牵着手去逛街。当经过一家首饰店门口时，女孩一眼看见了摆在玻璃柜里的那条心形的金项链。女孩心想：我的脖子这么白，配上这条项链一定好看。男孩看见了女孩眼中的那依依不舍的目光，他摸摸自己的钱包，脸红了，拉着女孩走开了。几个月后，女孩的20岁生日到了。在女孩的生日宴会上，男孩喝了很多酒，才敢把给女孩的生日礼物拿出来，那正是女孩心仪的那条心形的金项链。女孩高兴地当众吻了一下男孩的脸。过了半晌，男孩才憋红着脸，搓着手，羞涩地说："不过，这、这项链是……铜的……"男孩的声音很小，但客厅里所有的客人都听见了。女孩的脸蓦地涨得通红，把正准备戴到自己那白皙漂亮的脖子上的项链揉成一团随便放在了牛仔裤的口袋里。"大家继续玩！"女孩大声说，直到宴会结束，女孩再也没看男孩一眼。不久后，一个男人闯进了女孩的生活。男人说，他什么也没有，只有钱。当他把闪闪发光的金首饰戴到女孩身上时，同时也俘虏了女孩那颗爱慕虚荣的心。男人对女孩百依百顺，女孩暗暗庆幸自己在男孩和男人之间的选择。对于女孩来说，那真是一段幸福的日子。但是好景不长，一天，男人失踪了。当房东再一次来催她缴房租时，她只得走进了当铺，把自己所有的金首饰摆在了柜台上。老板眯着眼睛看了一眼说："你拿这么多镀金首饰来干什么？"女孩一下子愣住了。接着老板的眼睛一亮，扒开一堆首饰，拿出最下面的那条项链说："嗯，这倒是一条真金项链，值一点钱。"女孩一看，这不正是男孩送她的那条假金项链吗？当铺老板把玩着那条心形的项链问："喂，你打算当多少钱？"女孩忽然一把夺过那条项链就走了。

现实生活中有很多这样的事情发生，为了满足自己虚荣心而牺牲了太多的东西。这些东西有可能一辈子再也无法找回来了。一时的欢悦和满足，却失去了一生的幸福。人一旦被虚荣心所驱使，就会整日为了满足它而活，而忽略自身的内在涵养和美丽，把外在的一切放在最高，不仅身体累，心灵也跟着受累，从而导致自己的生活也变得僵硬和虚伪。

生活需要去除这些浮华的欲望，让心变得沉静，当懂得一切虚名不过是过眼云烟时，你才会注重生活内质的东西，让心灵得以舒缓，让生活变得雅致。

莎士比亚曾经说过"爱好虚荣的人，把一件富丽的外衣遮掩着一件丑陋的内衣"。虚荣是人性中一个根深蒂固的元素。它常常迷惑人的眼睛和心灵，使人们为了追求事物的外在表现而进行精心雕琢，巧妙配饰，以期得到更加美丽的效果。但事实往往并不随心所愿，对外表的关注使得对内在的注重不再上心，渐渐地忘记了事物的本来内涵，使其慢慢丧失了本应有的价值和意义。美丽的事物可以满足人们一时的虚荣，但却不能带给人们长久的稳定，也无法帮助人们摆脱生活的困境。而且，往往就是那曾经带给人们无比"美丽"的事物，最终带给人们的才是最致命的伤害。

把持自己欲望，别让虚荣钻了空子，害了自己的一生。

猜忌是自己吓自己

小狗疑心大宇宙阴谋篡夺它的位置。

——摘自泰戈尔《飞鸟集》第189篇

小狗的疑心正如题目所言，完全是自己吓自己。俗话说，"疑心生暗鬼"。一个人一旦掉进猜忌的陷阱，必定处处神经过敏，事事捕风捉影，对他人失去信任，损害正常的人际交往关系，影响个人的身心健康，甚至，会给自己和他人的生活带来严重的危害。

有这样一个实验：把一只螃蟹捉在水桶中，它会想方设法地用爪子钩住桶的边缘，趁人不备时逃走。但是如果几只螃蟹都被捉在一个水桶中，却常常一只也逃不走。因为一旦有一只螃蟹靠近桶边的话，其他的螃蟹一定会用爪子把这只螃蟹扯下来，以阻挠它的成功。

有人说，螃蟹之所以阻挠同伴逃生，是因为它们以为那只往上爬的螃蟹是要私自逃生。它们相互猜忌，结果谁也没能成功逃生。

心理学家一再指出，疑心是一种病态。对于一个多疑的人来说，哪怕他本来有能力获得幸福，也会因为猜忌心理破坏掉自己的幸福。

日本灰松鼠只吃一种红塔松的松子，而红塔松的松子只有在秋天才能完全成熟，食物短缺使它们的生活总处在艰难中。秋天，是灰松鼠最忙的季节，每天都要费力囤积大量的食物，好把冬春两季的食物都准备好。但囤积好后，它们总对自己洞中的食物不放心，惟恐被别的松鼠偷去。于是，它们会往囤积的松子上不断地尿尿。因为日本灰松鼠有一个特点，闻不得同类的尿味，所以，往食物上尿尿便是避免食物被偷走的一种法子。但它们不懂得这样一来，松果就会腐烂。到松果真的腐烂时，它们又将来之不易的食物清除出洞，再去囤积新的松果……周而复始。本来可以丰衣足食的灰松鼠，因为自己的多疑，往往在深冬季节因为食物严重短缺而被活活饿死。

由此可见，猜忌心理完全是自己吓自己，这也印证了一句古话："天下本无事，庸人自扰之。"要想幸福，就要远离猜忌心理，人总是被心中的"魔鬼"——多疑折磨得烦恼丛生：因为多疑，失去了家庭生活的和谐幸福；因为多疑，失去了朋友的陪伴和帮扶；因为多疑，失去了许许多多的发展机遇；因为多疑，自己的性情变得古怪异常，最终沦落到被身边的人抛弃。猜忌对幸福生活的破坏性是如此之大，而与猜忌相对的信任却对一个人的生活有巨大的改善作用。

公元前4世纪，在意大利有一个叫皮斯阿司的年轻人冒犯了国王犹奥尼索司。皮斯阿司被判绞刑，在行刑日子还未到来时，他的母亲病危，皮斯阿司是个孝子，他希望能与母亲见上最后一面。

国王感其诚孝，决定让皮斯阿司回家与母亲见面，但条件是皮斯阿司必须找到一个人来替他坐牢。有谁肯冒着被杀头的危险替别人坐牢？然而，皮斯阿司的朋友达蒙自告奋勇地答应了。

一天天地过去了，眼看刑期在即，皮斯阿司却没有回来的迹象。人们议论纷纷。都说达蒙上了皮斯阿司的当，行刑日是个雨天，当达蒙被押赴刑场的时候，围观的人都在笑他的愚蠢，幸灾乐祸的人大有人在。但刑场上的达蒙不但面无惧色，反而有一种慷慨赴死的豪情。追魂炮被点燃了，绞索也已经挂在达蒙的脖子上了，有些胆小的人吓得闭上了眼睛。他们在内心深处为达蒙深深惋惜，并痛恨那个出卖朋友的小人皮斯阿司，就在这千钧一发之际，在淋漓的风雨中，皮斯阿司飞奔而来，他高喊：我回来了，我回来了！

这真是人世间最感人的一幕，最终，国王也被感动了，他为达蒙松了绑，并亲口赦免了皮斯阿司。

达蒙和皮斯阿斯彼此的信任创造了皆大欢喜的结果。信任他人的人，即使在面对劫难时，也能安定自若。这样的人心态永远豁达开朗，很少感到烦恼恐惧，信任会给和自己相处的人以空间，这样便让彼此感到轻松自在、生活幸福。

谦逊招人爱，浮夸惹人烦

蜜蜂从花中啜蜜，离开时营营地道谢。浮夸的蝴蝶却相信花是应该向他道谢的。

——摘自泰戈尔《飞鸟集》第127篇

正像诗中的蜜蜂一样，谦逊的人总是能够正确分析问题，认识自我，正确认识自己的优势和劣势，实事求是，不居功自傲，对他人的帮助，总是心怀感激。与之相反，浮夸的人总是像那蝴蝶，显示和炫耀自己的成绩，他们眼中只看到自己，随时随地把自己变成焦点，甚至将他人的功劳据为己有，丝毫没有自知之明。

在生活中，谦逊的人总是受人欢迎，往往取得成就，浮夸的人往往招来别人的厌烦，甚至还给自己带来灾害。

汉宣帝出生数月时，因太子事，连坐囚禁狱中，是臣子丙吉将他救出。丙吉对宣帝有养育呵护的大恩大德。

宣帝即位后，丙吉绝口不说前恩，汉宣帝根本就不知道丙吉对自己有如此大的恩德，朝中的官员也搞不清楚。所以汉宣帝即位后，只给他封了一个"关内侯"的爵位。丙吉依然对过去的事只字不提，毫无怨言地为国事尽心尽力。

后来有宫婢自说保育之功，言辞中牵引到廷尉丙吉知道内情状况。宣帝亲自见问丙吉，然后才知丙吉对自己有旧恩。宣帝对他这种不居功的德行，大为称叹，于是封为博阳侯，升任丞相。

为人谦逊，待人谦和，不居功自傲，才能免得让人嫉恨。很多成功的人都懂得以谦逊的态度对待世人，也因为如此，他们才更能受到人们的尊重和欢迎。

2010年3月11日，福布斯全球富豪排行榜发布，墨西哥电信老板卡洛斯·斯利姆·赫鲁以535亿美元的身价登上首富宝座，而曾经连续13次登上全球首富的美国人比尔·盖茨则以530亿美元的身价屈居第二位。

消息传来，墨西哥国内一片欢腾。许许多多媒体记者蜂拥而至，聚集在墨西哥城郊的卡洛斯·斯利姆·赫鲁的豪宅门外。两个门卫不停地说着："对不起，先生们，赫鲁先生一向不喜欢接受采访。不好意思……"

然而，这些记者怎么舍得轻易离开呢！他们纷纷嚷着要面见赫鲁先生。正在这时，赫鲁先生的管家从宅内走了出来："尊敬的朋友们，赫鲁先生正在大厅里等着大家。欢迎采访！"管家的话还没说完，门外已是一片欢腾。

花园里，年近七旬的赫鲁先生正坐在躺椅上，慈眉善目笑容浅淡。记者们一拥而入，纷纷抢占有利位置，闪光灯开始不停闪烁。

"赫鲁先生，此次摘得全球首富的桂冠，您有什么感想？"

"赫鲁先生，您对当前全球的经济形势有什么看法？"

"……"

赫鲁先生轻轻抬起手来，示意大家不要说话。人群马上安静下来。

"感谢各位的光临，但是，我真没有什么好说的。我让大家来，只是想借此机会告诉大家，真正的首富并不是我，而是比尔·盖茨先生！因为，在过去的五年里，比尔·盖茨先生一共向社会捐出了240亿美元的个人财富。要不然，他的财富会远远超过于我。而我，这次被评为新的首富，只能说明我为大家做的还很不够。对此，我感到十分遗憾。"说完这些，赫鲁先生转身缓缓离去。

现场短暂的一阵沉默之后，响起了雷鸣般的掌声。

其实最近几年，赫鲁先生同样热衷于公益事业。他出巨资改造墨西哥城，还向贫困儿童免费捐赠9.5万辆自行车，9万副眼镜，并为15万名大学生提供奖学金……然而这些，他都没说。他只说"我为大家做得还很不够"。

一个人，不管他拥有多少财富，也不管他为大家付出多少，只要他的内心始终坚持"我为大家做得还很不够"的谦逊态度，那么，他不管走到哪里，都会是一位成功的人，都会是一位受大众欢迎的人！

与谦逊相反，浮夸的危害很多。那些喜欢卖弄，喜欢浮夸自己的作用的人，严重的后果会毁了自己的前程。三国时的许攸便是一例。

曹操在领兵打下邺城，占领冀州后，许攸自以为有献乌巢劫粮之谋在前，又有献决漳河破邺城之计在后，自信满满，对曹操及许褚等人出言不逊。曹操统率众将入冀州时，许攸纵马向前，高叫："阿瞒，如果不是我，你们能入这个城门吗？"

曹操笑而不答，其他大将听了，愤愤不平。有一天，许攸又在夸耀自己的谋略，侮蔑大将们都只是匹夫，攻入冀州全是他的功劳。愤怒的许褚一气之下斩杀了许攸。

许攸以为自己很聪明，功高盖世，无人可比，却不知自己因目中无人最终招致了杀身之祸。许攸的下场应为天下自大者引以为戒。自大的浮夸者，应当收敛，学习谦逊为人的生存智慧。低下头来，淡化自己的功劳，踏实做事，才能不招惹祸端，才能在事业上越做越好。

乱发脾气只会伤人伤己

不要因为你自己没有胃口，而去责备你的食物。
——摘自泰戈尔《飞鸟集》第40篇

　　自己没胃口不应迁怒于食物，乱发脾气会伤人伤己。英国著名军事理论家托·富勒说："生气就是自己惩罚自己。"生气还是一把利器，杀人于无形。

　　有一个男孩很任性，常常对别人乱发脾气。一天，他的父亲给了他一袋钉子，并告诉他："你每次发脾气的时候，就钉一根钉子在墙上。"第一天，这个男孩发了37次脾气，所以他钉下了37根钉子。慢慢地男孩发现控制自己的脾气比钉下钉子要容易些，所以他每天发脾气的次数就一点点减少了。终于有一天，这个男孩能够控制自己的情绪，不再乱发脾气了。父亲又告诉他："从现在开始，每次你忍住不发脾气的时候，就拔出一根钉子。"过了很多天，男孩终于把所有的钉子都拔出来了。

　　父亲拉着他的手，来到墙边，说："孩子，你做得很好。但是现在看看这布满小洞的白墙吧，它再也不能回到从前的样子了。你生气时说的伤害人的话，也会像钉子一样在别人心中留下伤口，不管你事后说多少对不起，那些伤疤都将永远存在。"

　　可见，发怒尤其是乱发脾气，不只伤到自己，还会伤害别人，使人难堪，影响人际关系。

　　你是否知道乱发脾气对人有哪些伤害？人在震怒之时，大脑神经高度紧张，肝气横逆，气促胸闷，即平日所谓"气愤填膺"。经常发怒的人，必然

影响肝脾，易患肝炎、肝癌。暴怒还可导致吐血、腹泻、昏厥、突然失明或耳聋。爱发怒的人患心脏病和死亡的几率比少发怒的人要高至少五倍。清代医学家林佩琴所撰《类证治裁》指出，因怒气伤肝而引发的疾病有三十多种。人在生气时还容易丧失理智，造成令自己后悔莫及的悲剧。有这样一个真实的故事：

有一个男人，他的妻子在生小孩儿时因难产过世了，因此，他将孩子视为珍宝。他家有条聪明能干的狗，男人不在家时就担负起照看婴儿的重担。有一天，男人有事外出，很晚才回来。狗知道主人回来了，欢快地出来迎接。可是男人看到狗嘴里都是血，一种不祥的预感顿时涌上心头，心想是不是这狗由于饥饿，兽性发作把孩子给吃了。于是他连忙赶到床边一看，没人，只看到一堆血迹。男人在狂怒之下，拿起棍子便将这条狗活活打死了。谁知就在这时候，孩子哭着从床底下爬了出来，男人这才知道自己错怪了狗，四下查看，发现不远处躺着一条狼，已被活活咬死，再看那条狗，后腿已被严重抓伤。原来在男人外出的时候，有只狼溜了进来想偷吃孩子，狗勇敢地冲上去与狼搏斗，最终保住了孩子的生命。男人知道真相后，嚎啕大哭，悔恨不已，可是一切已经无法挽回。

为什么会发生这样的悲剧？那是因为他被强烈的愤怒冲昏了理智，以至于失去了最基本的判断与核实的能力。其实这也是人的通病。根据心理学家的测算，人在愤怒的时候，智商是最低的。在愤怒的关头，人们会作出非常愚蠢的决定而自以为是，也会作出非常危险的举动而大义凛然。这个时候所作的决定，90%以上都是极端的错误。

其实，很多人都是被"一时之气"而断送一生的。远如周公瑾禁不起三气，因而短命身亡；近如马加爵，一气之下连杀四人。当然这是极端的例子。许多刑事案件也都是在罪犯生气的时候做了一个不理智的决定而发生的，几乎所有的罪犯在接受采访时都表示过："如果当时……"事实上，绝大多数人本质是善良的，"人之初，性本善"，真正穷凶极恶的人是少之又少。从这个意义上讲，在生气时能否保持理智，将从根本上影响人的一生。

生气除了对自己的身体和别人的感情造成伤害之外，没有任何益处。因而，尽量不要生气，找到适合自己的宣泄方式让自己的心态平和些。

有这样一个人，每次生气和人起争执的时候，就以最快的速度跑回家去，绕着自己的房子和土地跑三圈，然后坐在田地边喘气。

他工作非常勤劳，所以他的房子越来越大，土地也越来越广……但不管房地有多大，只要与人争论生气，他还是会绕着房子和土地跑三圈。"他为何每次生气都要绕着房子和土地跑三圈？"所有认识他的人心里都起了疑惑，但是不管怎么问他，他都不愿意说。

直到有一天他老了，他的房地已经太大了。他生了气，拄着拐杖艰难地绕着土地跟房子，等他好不容易走了三圈……太阳都下山了。他独自坐在田边喘气，他的孙子在身边恳求他："爷爷！您已经年纪大了，这附近地区的人也没有谁的土地比您的更大了，您不能再像以前一样，一生气就绕着土地跑！您可不可以告诉我这个秘密，为什么您一生气就要绕着土地跑上三圈呢？"

他禁不起孙子的恳求，终于说出隐藏在心中多年的秘密。他说："年轻时，我一和人吵架、争论、生气，就绕着房地跑三圈，边跑边想……我的房子那么小，土地那么少，我哪儿有时间、哪儿有资格去跟人家生气呢？一想到这里，气就消了，于是就把所有的时间用来努力工作。"

孙子问道："爷爷！您年纪老了，又变成最富有的人，为什么还要绕房地跑呢？"

他微笑着说："我现在还是会生气，生气时绕着房地走三圈，边走边想……我的房子这么大，土地这么多，我又何必跟人计较呢？一想到这，气就消了。"

这个故事告诉我们，戒怒要学会用意识控制，即当你怒从心头起，将要和人吵架的时候，就要赶快提醒自己，吵架只会给双方带来更多的烦恼，不能解决任何问题，实在不值得。概括起来，控制自己的怒气可以参照以下三条建议：首先，用理智的力量来控制自己的怒气，也就不会使用粗鲁的语言，更不会采取粗暴的行动。其次，要会运用疏泄法，即把积聚、抑郁在心中的不良情绪，通过适当的方式宣达、发泄出去，以尽快恢复心理平衡。其三，还可采用转移法，即通过一定的方法和措施改变人的思想焦点，或改变其周围环境，使其与不良刺激因素脱离接触，以便从情感纠葛中解脱出来，或转移到其他事物上去。

空想不如实干

我有群星在天上。但是，唉，我屋里的小灯却没有点亮。

——摘自泰戈尔《飞鸟集》第146篇

　　仰望天上的群星而没有点亮自己屋里那盏小灯的人很可能是空想家，空想家往往是自我封闭的人，他们处于闭塞的世界，生活在自我陶醉中，将自己置于一个虚妄的世界中。只有做个实干家，投入真实的生活，才能跨进一个新天地，才能领略到那些不断向你展开的风景。

　　现实中，有两种人是注定难以成功的，一种是完美主义者，他们想得太多、太深，力求每件事都在自己的"算计"之内，害怕出任何差错，白白错失机会，终将一事无成；另一种是冲动主义者，做事单凭一腔热血，看到别人都在做了，头脑一热就跟上，其实对自己该做什么都不懂，结果只能落得个来也匆匆去也匆匆。

　　人生的成功，不在于等待拿到一副好牌，而是怎样将现在的牌打好。

　　有一个刚毕业的研究生，满怀理想地进入了一家大公司工作，却发现公司里不如人意的地方太多，而自己所做的工作也是任何人都能胜任的日常性工作，对于平时自视甚高的他来说，这无疑是一种打击。

　　他到处发泄他的不满，但好像没有人理睬他。有一天，他认识了一位白发苍苍的老人，和他交上了朋友。这位老人看上去很不起眼，每天同大家一样上下班，风雨无阻。可后来别人告诉他，他是赫赫有名的卡普尔先生，公司总裁的父亲。老人并没有因为这个特殊的身份就摆什么谱儿，一切都是那么平常，这让年轻人觉得无法想象。

交往一段时间后，老人对年轻人说："小伙子，把手头上的事情做好，坚持下去，你就会得到你想得到的东西了。"

他记住了老人的话，开始很认真地做每一件事情，无论自己多么不情愿去做，都尽心尽力地做好。虽然有时他的心里仍然感到不平衡，但他不再像过去那样浮躁了，而是努力地去做自己手头的事情。后来他在职场上如鱼得水，做出了很大的成就。他的座右铭，就是卡普尔先生的那句话，"把手头上的事情做好，坚持下去"。

再伟大的理想都要从现实做起，脚踏实地才能把控未来。所有成功者，都是从小事做起的。当一个人懂得务实，就说明他已经成熟起来了，并为他的成功埋下了伏笔。

千万不要轻视每一件小事，因为它们都是我们成功的资本。

20世纪最伟大的成功学大师戴尔·卡耐基曾说过："一个不注意小事情的人，永远不会成就大事业。"人生成功与幸福的根本，就在于稳扎稳打、积累经验、务实地做好现在的工作。肯踏踏实实从小事做起的人，才是真正的聪明人。务实，是走向成功的必备心态。下面故事的主人公就是一个务实的人。

20岁那年，汤姆进入了制造工厂。他当时就想：如果自己要在汽车制造这一行做出成绩，就要对汽车的全部制造过程，都能有深刻的了解。于是，他主动要求从最基层的杂工做起。杂工不属于正式工人，也没有固定的工作场所，哪里有零星工作就要到哪里去。

在当了一年半的杂工之后，汤姆申请调到汽车椅垫部工作。不久，他就把制椅垫的手艺学会了。后来汤姆又先后到了点焊部、车身部、喷漆部、车床部去工作，每到一个部门，他都认真学习，努力工作。不到五年的时间，这个厂的各部门他几乎都工作过了。

汤姆的父亲对汤姆说："小子，你工作已经五年了，总是做些焊接、刷漆、制造零件的小事，太低级了吧？"

"爸爸，这你就不懂了。"汤姆笑着说，"我现在的干法有我的道理。我以整个工厂为工作的目标，所以必须花点时间了解整个工作流程。我是把现有

的时间做最有价值的利用，我要学的，不仅仅是一个汽车椅垫如何做，而是整辆汽车是如何做出来的。"

当汤姆确认自己已经具备管理者的素质时，他申请到装配线上去工作。决定在装配线上一展身手了。由于汤姆在生产流程的各部门都干过，懂得各种零件的制造情形，也能分辨零件的优劣，这使得他在装配工作中如鱼得水，没有多久，他就成了装配线上不可缺少的关键人物。不久后，他就被升为经理。

某些看起来很偶然的成功，实际上只是我们看到的表象。这背后，必定是踏实勤奋工作的积累。

空想家总是稀里糊涂地令机遇擦肩而过，只有务实的人才能发现机遇、抓住机遇。有句谚语说得好："做过一件小事，胜过一百个空想。"不付出行动，空想永远是空想。务实地去做，把热情投入到自己分内的工作，比起一边空想天上掉馅饼，一边抱怨自己的处境，要有用得多。

我们必须明白：改变那些成功者命运的，绝不是"具有历史意义"的偶然机遇，而是着眼于一件又一件细小的具体事务。

第五章 换个角度看问题，世界大不同

HUAN GE JIAODU KAN WENTI SHIJIE DA BUTONG

换个角度，失去太阳就去拥抱群星

如果你因失去了太阳而流泪，那么你也将失去群星了。

——摘自泰戈尔《飞鸟集》第6篇

生命中，总是有得必有失，有失必有得。当太阳的光辉沉下西山，就会有满天星星给我们带来光明。任何事情都有利弊两面，关键在于你怎么去看待。换个角度看问题，结论就会不同，心情也会不同。所以，当我们失去太阳时，就应该去拥抱星星。

正如发明家爱迪生，为了从植物体中找出天然橡胶的新原料，他和助手做了无数次的实验。当第五万次实验失败后，他的助手泄气地对他说："爱迪生先生，我们已经做了五万次的实验了，都毫无结果。"

"有结果！"爱迪生激动地叫出声来。"我们有了不起的结果呀，我们现在已经知道有五万种东西是不行的！"

经历了五万次的失败，仍然充满热情，并能够把失败化作成功的助因，这大概就是大发明家与普通人思考问题的不同之处。

生活中，遇到这种情况，如果我们也能换个角度，就能从失败中发现成功，创造成功。因为，换个角度，我们看到就有可能是机会，而不是障碍。当然，换个角度，绝不应是阿Q式的自我安慰，而是用积极的问题向自己发问。

提出什么样的问题就能得到什么样的结果，所谓"心想事成"就是这个道理。比如，清早起来，就有人突然问："你生活中最悲伤的事是什么？"你一定会陷入痛苦的回忆中。而如果有人问："你生活最快乐的事是什么？"相信你一定会变得兴高采烈。俗话说"求则得"，只有提出积极的问题，才能得到有意义的答案。

帕瓦罗蒂刚开始在音乐界崭露头角时，就产生了这样一个顾虑：总觉得他用来唱歌的嗓子不堪重负，并且，整个人因此变得非常紧张。

有一次，他刚做完一场演出，非常疲惫。由于第二天还有演出，所以他不得不早早回到酒店休息。然而，他翻来覆去，却怎么也睡不着，生怕自己再唱下去，嗓子会支撑不住。

这个时候，隔壁的客房里有个婴儿在不停地哭闹。帕瓦罗蒂烦恼极了。他越睡不着就越烦，越烦就越睡不着。突然，帕瓦罗蒂想到一个问题：这个小婴儿哭了几个小时了，为什么声音还那么洪亮？

帕瓦罗蒂立刻转怒为喜，急忙将耳朵贴着墙壁，认真倾听婴儿的哭声。很快，他有了新发现：婴儿哭到临界点时，会把声音拉回来，这样声音就不会破裂，这说明孩子在用丹田发音，而不是喉咙。于是帕瓦罗蒂也开始学着用丹田发音，试着唱到最高点再慢慢地拉回来。就这样，帕瓦罗蒂练了一个晚上，第二天的演唱会，他以饱满洪亮的声音征服了所有观众。

试想，如果当时帕瓦罗蒂一怒离开酒店，或去找孩子的父母抱怨一番，又会是什么结果呢？

如果一个人更多着眼于机会，他会鼓励自己表现得更好；相反，如果他看到的只有坎坷，他的生活也将走向那个方向。因此，不论我们处在何种尴尬苦恼的境地，如果能换个角度，积极地看问题，把质问"为什么"转变成思考"怎么办"，我们就能把困境变成成功的机遇。

积极地正视挫折与苦难

> "让我点亮我的灯吧，" 星星说，"永远都
> 别争论它是否有助于消除黑暗。"
>
> ——摘自泰戈尔《流萤集》第252篇

我们知道：星星积极地点亮自己的灯，最终消除了夜晚天空的黑暗。曾经一个哲人说过："你改变不了环境，但你可以改变自己，你改变不了事实，但你可以改变态度。"在生活中，我们看到，正视挫折与苦难，拥有积极心态，积极去行动的人最后创造了生活的奇迹，他们最终改变了最初看起来不能改变的一切。

斯蒂芬·威廉·霍金被誉为是当今世界上最著名的思想家和物理学家，具有"宇宙之王"的美誉。1942年1月，霍金出生在英国牛津，毕业于牛津大学和剑桥大学三一学院。然而不幸的是，在他21岁那年，他患上了导致肌肉萎缩的卢伽雷氏症，随着病情一天天加重，霍金不得不永远地坐在轮椅上。但如此悲惨的遭遇并没有让霍金感到沮丧，他在轮椅上迈出了探索宇宙的步伐。

在一次科学大会报告的现场，一个记者问道："霍金先生，卢伽雷病已经将您永远固定在了轮椅上，您失去了自由，您不觉得命运对您不公平吗？"这个听起来十分尖锐的问题，让在现场的所有人都紧张起来，似乎所有人都认为这位记者有些太过鲁莽了。

然而，此时静静坐在那里的霍金却只是微笑。于是他开始用他那还能活动的手指来回答这位记者的提问，随着他艰难的敲击，只见一段醒目的文字缓慢

地出现在了宽大的投影屏上。这段文字是：我的手指还能活动，我的大脑还能思考，我有终生追求的理想，有我爱的人和爱我的亲人和朋友。

随着他敲击的结束，现场顿时掌声如雷。所有人都被霍金那笑对人生的态度打动了。

世界上没有绝望的处境，只有对处境绝望的人。在绝望中仍能追寻希望的人是多么令人敬佩和振奋。

第二次世界大战结束后，战败的德国基本上已经变成了一片废墟。一次，美国社会学家波普诺带着几名随从人员到实地察看。他们看了许多户住在地下室的德国居民，于是他向随从人员问道："你们看像这样的民族还能够振兴起来吗？""难说。"一名随从人员随口答道。"他们肯定能！"波普诺非常坚定地给予了纠正。"为什么呢？"随从人员不解地问道。波普诺看了看他们，又问："你们到了每一户人家的时候，看见他们桌上都放了什么？"随从人员异口同声地说："一瓶鲜花。""那就对了！任何一个民族，处在这样困苦的境地还没有忘记爱美，那就一定能在废墟上重建家园！"

常言道，人生不如意事十有八九。本来生活中那幸福的"一二"就不多，你再盯着那不如意的"八九"看，岂不是自讨苦吃？所以我们应该学会忘记伤痛，珍惜现有，不要做自以为是的可怜虫。看淡名利、金钱、苦难，一切不过如此罢了，学会苦中作乐，人生没有过不去的坎，用乐观向上的态度让心灵得到净化和陶冶，少些浮情躁气，就能拥有阳光人生。

笑对人生，虽然生活回报的不一定都是阳光，但我们必须明白受约束的是生命而不是心情，只要心情是晴朗的，人生就有希望。

人生在社会上，只要能充满对生活的爱，对事业的爱，对亲人的爱，对同事、朋友的爱，你就会"笑对社会，笑对人生"。因为我们相信：风雨过后就是阳光，就会出现彩虹！

心存长远，一切付出都会值得

昨夜的风雨给今日的早晨戴上了金色的和平。

——摘自泰戈尔《飞鸟集》第293篇

泰戈尔这则小诗告诉我们，在遭遇风雨时，应该心存长远。美国文化代表人物爱默生说："坚强的人相信凡事有果必有因，一切事物皆有其规律。"

所以，如果一个人现在看不到希望，千万不要气馁，因为有付出必有收获；如果你觉得自己遇到的困难和挫折越来越多，似乎已经到了身陷绝境的地步，其实，你已经到了成功之前的"关口"，只要冲过了"黎明前的黑暗"，你就会看到天地间已经为你铺满朝霞。

有一个青年人，他出生在农村，从小的理想就是当个作家。为此，他不懈地努力着，十年如一日，每天写500字，写完之后满怀希望地寄给报刊杂志。但是，他的努力并没得到丝毫回报，他的文章从来没有一篇被采用，甚至连退稿信都没有收到，他几乎绝望了。

终于有一天，他收到了一封退稿信，是被他的毅力所感动的杂志编辑寄来的。信上说："看得出你是一个积极进取的青年，你的坚持确实令人感动。但不得不遗憾地告诉你，因为你的经历和知识面的原因，你的文章总是显得过于浅显和苍白，所以我们一直无法采用你的稿件。但从你多年的稿件中发现，你的钢笔字越来越出色了……"

编辑无心的话，却是一语惊醒梦中人。他考虑再三，决定放弃写作，转而练起了书法。果然进步很快，最终获得了成功，他就是我国著名的书法家张文举。

　　文学梦虽然破灭了，但是当初为着文学梦而进行的努力，为他后来的书法成就打下坚实的基础。其实，人只要努力过，早晚会发现，这些努力都不会白费。一个人如果选错了目标，还可以调整，但如果一个人不肯努力、不肯坚持，那么成功就永远不会向他走来。

　　正是有了"众里寻他千百度"的努力，才能有"那人却在灯火阑珊处"的惊喜。也许你最后的收获与你原先的设想不尽相同，但只要付出了，必然会有收获。

　　当一个人面对自己的本职工作如果总是先考虑"我这么付出是否值得"时，恐怕这个人就后患无穷了，因为没人愿意与这样的人共事，没有上司愿把重要任务交给这样的人。害怕付出是一种自私，而自私会导致人缺少远见。如果时时只是算计着自己索取了多少，不愿意为工作付出，不愿意为家人付出，也不愿意为社会付出，这样的人，只能越活越失意，越活越卑微。

　　成功的人从来不怕付出，不论是为工作付出、为他人付出、为社会付出，还是为命运付出。因为一切看似与最后成功没什么关系的努力，其实都是为了最后成功所做的铺垫。

　　肯德基的创始人哈兰·山德士上校，创业时已经四十岁，最初他经营一家加油站，然而受到经济危机的影响，加油站倒闭了。第二年他又开了一家带餐厅的加油站，自己制作各式小吃，生意虽然兴隆，但一场大火把餐厅烧了个精光。然而他并没有退缩不前，他振作精神，又开了一家更大的餐厅，可是老天就像在和他作对，厄运又找上门来——餐厅旁边新建了一条高速公路，噪音影响了客源，于是他不得不出售这个餐厅。

　　当时上校已经66岁了，但他觉得自己还年轻，不能靠社会福利金过日子。这时，他发现自己真正的优势在于一份专利——自己研制的炸鸡配方。于是他不再自己创业，而是走访印第安纳州、俄亥俄州及肯塔基州各地的餐厅，出售自己的炸鸡配方。不久，第一家授权经营的肯德基餐厅正式建立。令人惊讶的是，短短五年的时间，山德士上校在美国及加拿大便已发展了400家的连锁店，这就是世界上餐饮加盟特许经营的开始。

　　播种总会收获结果，只要保持一颗平和的心，不计较成败得失，认真地做好眼前的一切，我们早晚会收获到成功的甜蜜。

乐观让黑暗迸现光明

> 夜之黑暗是一只口袋，盛满了发出黎明的金光的口袋。
>
> ——摘自泰戈尔《飞鸟集》第213篇

乐观的人能看见黑暗中迸现的光明。我国古代哲人说，境由心生。的确，如果我们想的都是快乐，我们就能快乐；如果我们想的都是悲伤的事情，我们就会悲伤。卡耐基也说过："我们内心的平静和我们由生活所得到的快乐，并不在于我们在哪里，我们有什么，或者我们是什么人，而只在于我们的心境如何。"我们应该乐观地面对生活。

卡耐基说："一个人，如果能够在面对困难的时候，在衣襟上插着花，昂首阔步地向前走，那么他就永远不会成为失败者。"英国诗人、政论家约翰·弥尔顿在双目失明后，也发现了同样的真理："思想的运用和思想的本身，就能把地狱变成天堂，把天堂变成地狱。"

詹姆斯·纳斯美瑟少校正是通过不停止的思维，忘却所处的逆境的典型例子。他想象自己处于美好世界的景象，度过了他在战俘营里九死一生的艰难岁月，并使自己的高尔夫球技达到了一个全新的水平。

然而在他被关进战俘营的7年中他并没有机会碰高尔夫球杆，并且在被关进战俘营之前他的球技水平也只是在中下游，但是在他复出后，第一次踏上高尔夫球场打球，他就打出了叫人惊讶的74杆！虽然比自己以前打的平均杆数还低20杆，可他已7年未上场！真是让人难以置信。不只如此，他的身体状况也比7

年前好。

纳斯美瑟少校的秘密何在？答案就在于他拥有开阔的思维，积极的心态。

纳斯美瑟少校是在越南的战俘营度过他人生的艰苦7年的。7年间，他被关在一个只有4尺半高、5尺长的笼子里，失去了自由。

这7年中绝大部分的时间他看不到任何人，没有机会说话，也没有任何体能活动。刚开始的几个月他灰心至极，只祈求着赶快脱身。但是几个月过去了，他依然被关在狭小的笼子里，他开始自暴自弃，愤怒地吼叫，疯狂地踢打牢笼，可是直到自己筋疲力尽，他也没能找到任何脱身的机会。后来他了解无法脱身已成事实，他必须发现某种方式，使之占据心灵，积极面对这种不利的情势，否则他会发疯至死。

于是他选择了他最喜欢的高尔夫球，并在想象中开始打起高尔夫球。每天，他在梦想中的高尔夫乡村俱乐部打18洞。他体验了一切，包括细节。他看见自己穿上高尔夫球装，闻到绿树的芬芳和草的香气。他体验了不同的天气状况——阳光和煦的春天、昏暗的冬天和阳光普照的夏日早晨。在他的想象中，球台、绿草、碧树、啼叫的鸟、跳来跳去的松鼠、球场的地形……都历历在目了，这些都使他的心情变得愉悦。

他感觉自己手握着球杆，练习各种推杆与挥杆的技巧。他看到球落在修整过的草坪上，跳了几下，滚到他所选择的特定点上，一切都在他心中发生。

在真正的世界中，他无处可去。所以他步步向着他心中的小白球走，好像他的身体真的在打高尔夫球一样。在他心中打完18洞的时间和现实中一样。一个细节也不能省略，他一次也没有错过挥杆左曲球、右曲球和推杆的机会。

一周7天，一天24个小时，18个洞，7年，看起来他什么都没有做，但是在心理上，他却完完整整地打了7年的高尔夫球，这才使他只少了20杆，打出74杆的好成绩。

这就是思想的力量，这就是积极暗示的作用。处于困厄之中，只要积极运用自己的思维，为自己寻找一种方式走出自暴自弃的消极情绪，漫步在快乐的林荫大道，我们就会发现心情突然变了，怒气和沮丧也消失了，心中充满了宁静，自然的色彩给人带来阵阵快意。

失败是推动前进的手

错误经不起失败，但是真理却不怕失败。

——摘自泰戈尔《飞鸟集》第68篇

　　真理之所以不怕失败，是因为它相信：失败能推动前进。一个成功的人一生中或多或少都遭受过失败，一条真理总得经过不断地探索验证才能得出。对那些害怕打击的人来说，经历逆境和遭受失败是人生最痛苦的事，但对那些敢于面对现实，试图重新崛起的人来说，经历逆境和遭受失败恰好是人生的必修课，可以从中及时挖掘成功的经验，获得人生的真理。这正印证了一句古话"真金不怕火炼"。

　　莎士比亚曾说："当太阳下山时，每个灵魂都会再度诞生。"而再度诞生就是把失败抛到脑后，重新汲取力量的机会。恐惧、自我设限以及接受失败，最后只会像诗中所说的，使你我"困在沙洲和痛苦之中"。如果我们借着信心、积极心态和明确目标来克服这些弱点，如果我们把失败看成是激发新的信心和潜力的契机，那成功迟早会到来。

　　英国文学家卡莱尔费尽心血，经过多年的努力，总算完成法国大革命史的全部文稿，他将这部巨著的原件送给他的朋友米尔阅读，请米尔批评指教。隔了几天，米尔脸色苍白，浑身发抖地跑来，他向卡莱尔报告一个悲惨的消息。原来法国大革命史的原稿，除了少数几张散页外，已经全被他家里的女佣当作废纸，丢入火炉化为灰烬了。卡莱尔非常失望，因为他呕心沥血所撰写的这部法国大革命史只有一份原件，当初他每写完一章，随手就把原来的笔记撕得粉碎，所以没有留下来任何记录。这就是说，他的全部心血已经化为灰烬了。然而，第二天，卡莱尔重振精神，又拿起了笔纸。他说："这一切就像我把笔记簿拿给老师批改时，老师对我说：不行！孩子，你一定要写得更好些！"

所以我们现在读到的《法国大革命史》，是卡莱尔重新写过的。卡莱尔的经历告诉我们，一个意志顽强的人即使遭遇到逆境和打击，也仍然会在痛苦的绝望之中毅然决然地从头开始。

每一次的逆境、失败及不愉快的经历，都隐藏着成功的契机。大自然利用失败及打击，让人们懂得谦卑，并且领悟生命的真理与智慧。

有一位智者曾经说："你不可能遇到一个从来没有遭受过失败或打击的人。"他也同样发现，人们的成就高低，和他们遭遇逆境、克服失败和打击的程度成正比。人生有两项重要的事实是非常明显的：第一，每个人都会遇到逆境；第二，失败中总有成功的契机，但是我们必须自己去发掘。在逆境中，成功的机会对每个人都是均等的。然而，并非每个人都能获得成功。成功属于坚韧者，有了顽强之志，就能战胜险恶的环境，就能在逆境中崛起、升华。

1914年12月，大发明家托马斯·爱迪生的实验室在一场大火中化为灰烬。实验室是钢筋混凝土构成，按理说应该是防火的，所以事前只投了23.8万美元的保险，但这场事故造成了200万美元的损失。那个晚上，爱迪生一生的心血都在大火中付之一炬了。

大火燃得最旺的时候，爱迪生的儿子查理斯在浓烟和废墟中找到了父亲，爱迪生静静地看着火势。当他看到儿子时，大声对儿子说："查理斯，你母亲哪儿去了？去，快去把她找来，她这辈子恐怕再也见不到这样壮观的场面了。"

第二天早上，爱迪生看着一片废墟说道："灾难自有灾难的价值，我们以前所有的错误和过失都给大火烧得一干二净了，我们应该感谢上帝，这下我们又可以从头再来了。"

在那次火灾过去后的第三个星期，爱迪生就着手研制出了他的第一步留声机。乐观智慧的爱迪生明白：灾难让人痛心的是它毁掉了物质方面的积累，但它带来的却是经验和教训，是新生力量的崛起。挫折和失败是任何人都会遇到的，但我们没有理由退缩，怀着积极的心态去面对困难永远是我们的法宝。

让理想照亮前行的路

我投射我自己的影子在我的路上，因为我有
一盏还没有燃点起来的明灯。
——摘自泰戈尔《飞鸟集》第109篇

那盏应该燃点的明灯便是理想，有了理想之灯在前照耀，行路人的影子又怎会遮没了前行的路？诗人流沙河曾写下《理想》："理想是石，敲出星星之火，理想是火，点燃熄灭的灯，理想是灯，照亮夜航的路，理想是路，引你走向黎明，点亮人生。"人应该有理想，特别是年轻人更应有理想。古人说："有志者，事竟成。"所谓志向，也就是一个人要有理想。人生应当立志。无志则人难做，事难成。

著名的发明家爱迪生，他在小时候只上过几个月的学而已，而且，他还因被批评为"愚蠢糊涂"的"低能儿"而被退学。然而，爱迪生后来却在留声机、电灯、电话、电报、电影等方面有重大的发明与贡献，在矿业、建筑业、化工等领域也有不少著名的创造发明和真知灼见，被称为"发明大王"。谁能想到这个被称为"低能儿"的孩子，长大后竟然能成为"发明大王"？爱迪生的成功难道只是偶然？他说："我的人生哲学是工作，我要揭示大自然的奥秘，并以此为人类造福。"这就是他的理想与奋斗目标。当前方有了目标，才会让自己朝这个方向大步向前迈进，不会因别人的眼光或种种因素而轻易地放弃自己。

德国戏剧家歌德曾说："人生重要的事情就是确定一个伟大的目标，并决心实现它。"理想催人奋进，让人珍惜时间。爱因斯坦曾说："照亮我的道路，并且不断地给我新的勇气，去愉快地正视生活的理想，是善、美和真。人们所努力追求的庸俗的目标——财产、虚荣、奢侈的生活——我总觉得都是可鄙的。"

在社会中，我们看到有许多人整日沉迷于吃喝玩乐之中，一生就这样迷迷糊糊、浑浑噩噩地过下去，没有辨别是非善恶的智慧，整天谈论和奔波忙碌的就是钱财和名誉地位等。这些人就因为没有人生理想、没有伟大高尚的追求，生命便在碌碌无为中被消磨了。

爱迪生曾对人说："最大的浪费莫过于对时间的浪费。"他的一生过得充实而有意义，他始终在"为人类造福"这一伟大理想的激励下，不断工作学习。

他在75岁时，还每天准时到实验室签到上班，他在几十年间几乎每天工作十几个小时，晚间在书房，会读三到五个小时的书。若用平常人一生活动的时间来计算，他的生命已经成倍地延长了。因此他在79岁生日那天，骄傲地对人说，自己已是135岁的人了。

是啊，有什么比理想更能鼓舞人心？有什么比理想更能催人奋进？

如果把人生比作一次荒野里的探险，理想就是深夜里指引方向的北极星；如果把人生比作一次大海中的航行，理想是为我们指引航向的灯塔。理想具有一种神奇的魔力，它给处于痛苦之中的人以精神的安慰，给处于迷茫中的人指引方向，给失落的人带去生命的热与光华。

中央七套《乡约》节目，介绍一个17岁的少年打工仔，力尽10年艰辛刻苦学习，成为中国科学院法律硕士研究生。他的名字叫郭荣庆，出生在沂蒙老区。这是一个关于理想的故事。卖菜、扫大街、蹬三轮……走南闯北，一个17岁初中毕业就辍学的普通农民工，他执着学习，一边卖菜一边看书，仅仅是英语成人自学本科考试，基础薄的他就考了6年。

在这6年里，他也结婚生子，作为一个在都市打工的农民，既要面对高于常人的生存压力，又要面对毫无情面可讲、更无投机可言的国家统一考试。没多久，妻子离他远去了，他只能让自己的父母带着孩子。他在考试不过、妻子分手的生活磨难下，产生动摇时，就是想到自己是个父亲，必须坚强起来，为孩子的今后生活努力，也一直记着自己最初的理想：他必须通过学习，提高自己，摆脱贫穷、饥饿、无助的状态，要用法律替打工仔办些事。生活的挫折没有让郭荣庆停止读书的脚步……2004年郭荣庆收到了中国社会科学院研究生院的录取通知书，毕业后进入大连理工大学城市学院任教。

在那艰苦卓绝的环境里，他坚持着，因为心中有不灭的理想之灯。正如周总理所说，理想是需要的，是我们前进的方向，现实有了理想的指导才有前途。

毛主席曾经寄语青年人："世界是你们的，也是我们的，但归根结底是你们的。""你们青年是早晨八九点钟的太阳，希望寄托在你们身上。"青年是祖国的希望，而理想是青年成才的希望。一切成功者的经历都告诉我们：推动成功的力量，都来自点亮人生的理想！因而，在我们成长的每一个阶段，都必须有理想的支撑。

让信念推动你前进

道旁的草，爱那天上的星吧，那么你的梦境便可在花朵里实现了。

——摘自泰戈尔《飞鸟集》第260篇

像星星一样美丽的信念，会让道旁的草开出美丽的花。斯图尔特·米尔曾经说过："一个有信念的人，所发出来的力量，不下于99位仅心存兴趣的人。"这也就是为何信念能开启卓越之门的缘故。若能好好控制信念，它就能发挥极大的力量，开创美好的未来。可以说，信念是许多奇迹的萌发点。

随着《哈利·波特》风靡全球，它的作者和编剧J.K.罗琳成了英国最富有的女人。她曾有一段穷困落魄的日子，她的成功就在于，即便最穷困的日子她也没有放弃自己的信念。

罗琳从小就热爱英国文学，热爱写作和讲故事，而且她从来没有放弃过。大学时，她主修法语。毕业后，她只身前往葡萄牙发展，随即和当地的一位记者坠入情网，并结婚。无奈的是，这段婚姻来得快去得也快。婚后，丈夫的本来面目暴露无遗，他殴打她，并不顾她的哀求将她赶出家门。不久，罗琳便带着3个月大的女儿杰西卡回到了英国，栖身于爱丁堡一间没有暖气的小公寓里。丈夫没有了，工作没有了，居无定所，身无分文，再加上嗷嗷待哺的女儿，罗琳一下子变得穷困潦倒。她不得不靠救济金生活，经常是女儿吃饱了，她还饿着肚子。但是，家庭和事业的失败并没有打消罗琳写作的积极性，用她自己的话说："或许是为了完成多年的梦想，或许是为了排遣心中的不快，也或许是为了每晚能把自己编的故事讲给女儿听。"她成天不停地写呀写，有时为了省钱省电，她甚至待在咖啡馆里写上一天。

就这样，在女儿的哭叫声中，她的第一本《哈利·波特》诞生了，并创造了出版界奇迹，她的作品被翻译成35种语言在115个国家和地区发行，引起了全世界的轰动。罗琳从来没有远离过自己的信念，并用她的智慧与执着赢回了巨大的财富。即使她的生活艰难，她也坚信有一天，她必定会达到事业的顶峰。一个人不怕能力不够，就怕失去了前进的信念。拥有信念的人，从某种意义上说，就是拥有光明未来的人。

中国西南边区有一个小村子叫姜村，这个小村子因为这些年几乎每一年都要有几个人考上大学、硕士甚至博士而闻名遐迩。方圆几十里以内的人们没有不知道姜村的，人们会说，就是那个出大学生的村子。久而久之，人们不叫它姜村了，大学村成了姜村的新村名。

姜村只有一所小学，每一个年级一个班。以前的时候，一个班只有十几个孩子。现在不同了，方圆十几个村，只要与村里有亲戚关系的，都千方百计把孩子送到这里来，人们说，把孩子送到姜村，就等于把孩子送进大学了。在惊叹姜村奇迹的同时，人们也都在问，都在思索。是姜村的水土好吗？是姜村的父母掌握了教孩子秘诀吗？还是别的什么？

其实，原因在于：在二十多年前，姜村小学调来了一个五十多岁的老教师，听人说这个教师是一位大学教师，不知什么原因被贬到了这个偏远的小村子。这个老师教了不长时间以后，就有一个传说在村里流传。这个老师能掐会算，他能预测孩子的前程。原因是，有的孩子回家说，老师说了，我将来能成数学家；有的孩子说，老师说将来我能成作家；有的孩子说，老师说，将来我能成音乐家；有的说，老师说我将来能成钱学森那样的人，等等。

不久，家长们又发现，他们的孩子与以前不大一样了，孩子们不再贪玩，不用像以前那样严加管教，家长们很纳闷，也将信将疑，莫非孩子真的是大材料，被老师破了天机？就这样过去了几年，奇迹发生了。这些孩子到了参加高考的时候，大部分都以优异的成绩考上了大学。

人世间还有什么力量能超过信念的力量呢？这位可敬的教师，在这些幼小孩子的心灵里播下了信念的种子，产生了使人奋进的巨大能量。

希望使人生变得美丽

黑云受光的接吻时便变成天上的花朵。

——摘自泰戈尔《飞鸟集》第249篇

吉伯特说："每朵乌云背后都有阳光。"泰戈尔说："黑云受光的接吻时便变成天上的花朵。"这些都告诉我们希望之于人生的重要。

电影《肖申克的救赎》中，主人公安迪被诬陷入狱，由一个风光无限的银行副总裁变成一个囚犯，在监狱中饱受种种精神和肉体的折磨与摧残。然而，就是在这样一个残酷的环境下，他依旧满怀希望和梦想，就是这样一个坚强得"不可理喻"的人，在绝望中生活了20年以后，还能有勇气向狱中的好友瑞德讲述自己出狱以后想要的生活：去墨西哥的泽华塔尼，它位于一片没有回忆的太平洋畔；在泽华塔尼沙滩上开个小旅馆，翻新旧船，让客人包船钓鱼；在日落的时候看星辰，脚踩柔软的沙滩，享受自由的美好。安迪微笑着告诉瑞德："希望是个好东西，或许是人世间最善最美最重要的东西，而美好的事物永远不会消逝。"

正是这种根植于内心的希望，支撑安迪用20年的时间挖了条在瑞德看来600年也办不到的隧道，然后在一个雷雨交加的晚上，他穿过自己挖的隧道再爬过污垢的河流，在污水中洗掉他所有所谓的"罪恶"，在彼岸洗净重生，奔向他的泽华塔尼，他希望中的人间天堂。

这当然是影片中虚拟的情节，然而，我们看到了希望就是力量。在很多情形下，希望的力量可能比知识的力量更强大，因为只有在有希望的背景下，知

识才能被更好地利用。安迪正是因为内心有希望，才充分利用他掌握的知识创造了一个震撼人心的奇迹。

英国诗人查尔斯·金斯莱有一句名言："永远没有什么可以击退一个坚决强毅的希望。"罗素也说过一句类似的话："希望是坚韧的拐杖，忍耐是旅行袋，携带它们，人可以登上永恒之旅。"在生命的困境甚至绝境里，只有心存希望的人才不会辜负生命。下面的小白鼠会带给我们些许启示。

在马来西亚的一个国际心理学会议上，一位俄国心理学家讲了他做过的一个试验：将两只大白鼠丢入一个装了水的器皿中，它们会拼命地挣扎求生，一般维持的时间是8分钟左右。然后，他在同样的器皿中放入另外两只大白鼠，在它们挣扎了5分钟左右的时候，放入一个可以让它们爬出器皿的跳板，这两只大白鼠得以活下来。若干天后，再将这对大难不死的大白鼠放入同样的器皿，结果真的令人吃惊：两只大白鼠竟然可以坚持24分钟，3倍于一般情况下能够坚持的时间。

这位心理学家总结说：前面的两只大白鼠，因为没有逃生的经验，它们只能凭自己本来的体力来挣扎求生；而有过逃生经验的大白鼠却多了一种精神的力量，它们相信在某一个时候，一个跳板会救它们出去，这使得它们能够坚持更长的时间。这种精神力量，就是积极的心态，或者说是内心对逃生心存希望。在第24分钟时，他看它们实在不行了，就把它们捞出来了。

他说：因为有积极心态的大白鼠有价值，更值得活下去。我们人类应尊重一切希望，哪怕是大白鼠内心的希望。

汶川大地震的时候，有许多人创造了生命的奇迹，在伸手不见五指的废墟里，在连续几天没有食物和水的日子里，许多人活了下来。他们凭的是什么？凭的是对生的信念、对生的渴望。如果他们过早地放弃了对生的追求，也许还没有等到被救援人员发现，他们就永远地离开了这个世界。

无论我们身陷在什么样的困境里，都不能放弃希望，就算是只看到一丝丝微小的希望，也要顺着它努力地往上爬，直到将自己从困境里解救出来。

苦难成就强者

您越过不毛之地的沙漠而到达了圆满的时刻。
——摘自泰戈尔《飞鸟集》第307篇

　　这则小诗的意思是：不毛之地的沙漠意味着苦难，越过苦难才能到达圆满。爱因斯坦说过："通向人类真正伟大境界的通道只有一条——苦难的道路。"所以，真正有智慧的人，根本不会畏惧痛苦，反而会将生活中的每一次磨难，都转化成通往解脱的基石。曾有个故事，就讲了这个道理。

　　从前，一个农民的驴子掉到了枯井里。农民在井口急得团团转，就是没办法把它救出来。最后农民断然决定：这驴子已经老了，这口枯井也该填起来了，不值得花太大精力去救驴子。于是就把所有邻居都请来，开始往井里填土。

　　驴子很快意识到发生了什么事，起初，它在井里恐慌地大声哀叫。不一会儿，令人不解的是，它居然安静下来了。农民忍不住朝井下一看，眼前的情景让他震惊：每一铲砸到驴子背上的土，它都迅速地抖落下来，然后狠狠地用脚踩紧。就这样，没过多久，驴子竟然把自己升到了井口，在众人惊讶的目光中，纵身跳了出来，快步跑开了……

　　实际上，生活正如这则寓言故事：纵然许多痛苦如尘土般降临到我们身上，我们也应将它统统抖落在地，重重地踩在脚下，而不要被这些痛苦掩埋。若能这样，到了最后，我们定会像驴子逃离枯井一样，从轮回的苦海中彻底脱身。

在印度的一个贫民窟里，有一对很不幸的小兄弟。他们的母亲在他们很小的时候就去世了，而他们的父亲整日不是吸毒，就是喝得烂醉如泥，根本不管兄弟俩的死活。后来，为了筹集毒资，父亲因偷盗进了监狱。

父亲进监狱后，兄弟俩为了生存，就去捡垃圾。开始，他们只是捡一些别人吃剩的东西来填饱肚子，后来才学着捡一些废品，拿去回收。

每当卖垃圾得到一点儿钱后，哥哥不是跑去餐馆吃喝一顿，就是跑到地下赌场赌一把。弟弟则十分珍惜这来之不易的钱，把能省的每一分钱都存起来做学费。

由于哥哥长期在赌场厮混，喝酒、斗殴、吸毒，天天跟着一帮小混混偷摸扒抢，干尽坏事。弟弟则发奋读书，他白天去学校听课，晚上就到餐馆、酒店打工，并且还学着写文章。

十多年后，哥哥因抢劫、吸毒等多项罪名进了监狱。而弟弟却成了当地知名的作家。

有一家报社的记者到监狱去采访哥哥。记者看着神情沮丧的他，问道："你觉得是什么原因使你沦落到今天这个地步？"

哥哥十分肯定地说："苦难！儿时的苦难就像一块沉重的石头，重重地压在我的心上，让我抬不起头。"

采访完哥哥，记者又去采访弟弟。记者问道："你哥哥说是因为生活中的苦难才进了监狱，你觉得是什么原因让你取得了今天这样的成就？"

弟弟十分肯定地说道："儿时的苦难。"记者不解地问道："你们从小一起长大，儿时的苦难都是一样的，为什么你哥哥成了罪犯，而你却成了令人敬仰的作家？"弟弟说："儿时的苦难，就像一块沉重的石头压在我们心上。不同的是，哥哥始终把这块石头压在自己的心上，所以他就觉得看不到蓝天。而我却一直把这块石头踩在脚下，苦难则成了我人生向上的一个个台阶。"

把苦难垫在脚下，我们便会拥有向上的人生。有"文坛硬汉"之称的美国小说家海明威曾说："生活总是让我们遍体鳞伤，但到后来，那些受伤的地方一定会变成我们最强壮的地方。"我们应该做个生活的强者，让苦难化为成长的力量，坚定不移地走向成功。

用歌声回应痛苦

世界以它的痛苦同我接吻，而要求歌声做报酬。

——摘自泰戈尔《飞鸟集》第167篇

泰戈尔用这首诗告诉我们：用歌声回应痛苦，微笑着去面对生活，用轻松的心态去面对痛苦。人生在世，不如意事十有八九。有的人一辈子都被忧愁压得直不起腰来，而有的人却昂首挺胸"不管风吹浪打，胜似闲庭信步"，这之间的区别就在于以什么样的心态去生活。

早在公元前399年，古希腊的哲学家就这样告诉我们："对于那些无法避免的事实，让我们轻松地来接受吧。"很多时候，使我们快乐不快乐的并不是事实本身，而是我们适应现实的能力，是我们自己的感受。如果被那些已经发生的不幸打垮，事实依然不会改变。我们唯一应该做的，是改变自己，让自己以一颗轻松明丽的心去照亮生活。

一次，中央电视台《半边天》节目主持人张越采访了一个贫困女孩。

张越问："这种艰难的日子让你很自卑是吗？听说有一阵你想自杀？那是什么又让你改变了想法？"女孩的眼睛里突然盈满了泪水："那天我想看妈妈最后一眼，就来到妈妈修车的地儿，妈妈下岗之后，靠给别人修车维持生计。""在那些修车的师傅中，仅有两个女人，妈妈就是其中的一个。我看到妈妈旁边的柱子上比别人多挂着两样东西，一副羽毛球拍和一个饭盒。"

"你知道它们是干什么用的么？"

"以前不知道，我很少去那里。"

"我问妈妈，妈妈说：'羽毛球拍是没事的时候和别人一起锻炼用的，总是坐着会发胖的。'旁边的阿姨插嘴说：'你妈妈总拉着我一起打羽毛球，你看我现在苗条多了。'说完她们还一起笑了起来。"

"那饭盒呢？是妈妈的午饭吗？"

"不是，那是一盒黄瓜头儿——吃黄瓜时掰下来的黄瓜尾巴，妈妈都留了下来。"

"做什么用的？"

"妈妈说用来美容，没事的时候就用黄瓜头擦自己的脸。"

女孩的泪水一下就流出来了："我发现妈妈一直都是乐观的，虽然我们很穷，可我从来没见她愁过。我的妈妈是怎样不平常的一个女人，一个被生计所迫，过着最底层生活的，用黄瓜头儿美容的女人，我想如果我死了，就太对不起她了……我在她那儿坐了一会儿就回了学校，从此再没产生过这样的念头。"

一个乐观的人，在任何困境中，都可以找到生活的勇气、希望和阳光。只要有一颗乐观的心，无论生活的现实如何残酷，都不能把一个人击垮，用这样一颗心去生活，生活的阴霾很快就会过去，迎来灿烂而温暖的阳光。

有一个美国女孩，小时候一双眼睛意外受了重伤，她只能从左眼角的小缝里看到东西；即使要看书，也必须把书拿近，并提紧眼睛的肌肉，使眼球尽量靠近左边。上学读书时，睫毛因此常常碰到书本。

小时候，她喜欢和附近的孩子玩跳房子，但是却看不见记号，直到把自己游玩的每一个角落都清清楚楚地记得为止。这样，即使赛跑她也没有输过。正是凭着这股韧劲，后来她得到了明尼苏达大学的文学学士及哥伦比亚大学的文学硕士两个学位。

她曾在明尼苏达州的一个叫捷因巴雷的乡村教过书，后来又成为奥加斯达·卡雷基的新闻学和文学教授。在这13年间，她除了教书外，也在妇女俱乐部演讲，并客串电台谈话节目。她的自传体小说《我想看》轰动一时，成为畅销的名著。她就是过了50年如同盲人日子的波基尔多·连尔教授。

"在我的心里不断潜伏着是否会变成全盲的恐惧，但我以一种乐观的态度去面对我的人生，和正常人一起玩耍、学习。"连尔这样说道。终于，在她52

岁时，经过现代医疗的诊疗，她获得了40倍于以前的视力，她面前展开了一个绚烂的世界。

从波基尔多·连尔身上，我们感受到的是成功来自于乐观力量的震撼。同样的困境，同样的磨难，悲观的人可能会很快地垮掉，然而，乐观的人依旧开心地过，尽力地取得成长和进步。

心理学家说，如果一个人感到沮丧和忧郁时，能够让自己的嘴角刻意地带上笑意，便会极大地驱散内心的阴霾，从而恢复愉悦的心态。

因为心中有鸟儿在鸣唱，就有春风荡漾，感到头顶阳光照耀，周围就有鲜花绽放。乐观一些，我们便生活得幸福与充实、豁达一些，我们会走出心灵的沼泽与误区，发自内心地去歌唱生活！

居安时需思危

上帝的右手是慈爱的，但是他的左手却可怕。
——摘自泰戈尔《飞鸟集》第211篇

泰戈尔说："上帝的右手是慈爱的，但是他的左手却可怕。"告诉人们不要只看上帝的一只手，而要辩证地看问题，幸运时要有忧患意识和警惕之心。

没有忧患意识的人，只顾贪图安逸，耽于享乐，会招致祸患。下面有一则浅显易懂的寓言故事。

森林里有一个美丽的小木屋，屋子里有一罐美味的蜂蜜，一天，装蜂蜜的罐子裂了，一只苍蝇看见了，它就叫来了很多很多苍蝇，苍蝇们飞到小木屋里，它们一飞进来就闻到了蜂蜜的香味，马上把嘴扎进蜜里不停地吃，这个蜂蜜真是太甜美太好吃了。

苍蝇们不停地吃啊吃，就在这时候，他们的脚拔不出来了，原来被黏黏的蜂蜜粘住了。只能坐以待毙。

中国有一句古话："生于忧患，死于安乐"，就是现在人们所讲的要有"危机意识"，或者说——忧患意识。未来是不可预测的，而每个人也不是天天行好运的，所以"危机意识"就显得至关重要。在心理及实际行动上有所准备，才能应付突如其来的变化。如果没有准备，首先心理上受到的冲击就会让自己手足无措。有了"危机意识"，或许不能把问题彻底解决，但至少可以把损失降低。

有这样一个故事：有一只野猪对着树干磨它的獠牙，一只狐狸见了，问它为什么不躺下来休息享乐，而且现在也没看到猎人。野猪回答说："等到猎人和猎狗出现时再来磨牙就来不及了。"

正如戴尔电脑创始人迈克尔·戴尔所说，"如果不感到害怕，那么，你很快就会被别人干掉"，防患于未然确实是明智之举。然而，在生活中，越是在形势大好的时候，人们越容易迷失方向；越是在事业的高峰，人们越容易产生骄傲情绪。老子说："福兮祸之所伏。"只有清醒理智的人才会居安思危，在生活中、工作中、事业上克勤克俭，严以律己，在事业的巅峰时也知道急流勇退。功成名就时，能看到潜在的危机，避开可能危及自己的地方，远离惹火烧身的境遇。

春秋时期的范蠡则是一位居安思危的聪明人。范蠡尽心辅佐越王勾践，使越国复兴。勾践封范蠡为上将军，可范蠡深知勾践为人——可共患难不可共富贵，于是修书一封，辞去了在越国的职务，泛舟西湖。后来，范蠡到了齐国，他经商不到半年便积累了百万家产。齐国人仰慕他的贤能，请他做宰相，可范蠡认为："居家则致千金，居官则致卿相，此布衣之极也，久受尊名，不祥。"意思是说："从商应富有千金，做官则应官拜卿相，这是普通人所能达到的极致。久获尊名，这是不祥的预兆。"于是归还相印，与家人离开了齐国。从此隐退江湖，过逍遥自在的日子去了。

古人说："安而不忘危，存而不忘亡，治而不忘乱。""危机意识"无论是对于动物还是人类的日常生活都很重要。那么，个人应如何把"危机意识"落实在日常生活中呢？

首先，应落实在心理上，也就是心里要随时有接受、应付突发状况的准备，这是心理建设。心里有准备，便不会慌了手脚；

其次，是生活中、工作上和人际关系方面要多问几个为什么。生活中，万一我们的健康出现了隐患，要怎么办？工作上没有永远的一帆风顺，万一受挫了，应该怎么办？人际关系中，也不是一成不变的，万一有意外变化出现，我们的日子要如何过？要如何解决困难？

忧患意识意味着顺境中的未雨绸缪，巅峰时的居安思危。我们需要未雨绸缪，预先做好准备，只有我们把事情想得全面、做得周到，那么，生活才会逐渐走向完美。

缩小目标，一步一个脚印

小草呀，你的足步虽小，但是你拥有你足下的土地。

——摘自泰戈尔《飞鸟集》第65篇

小草的脚步虽小，但它却拥有足下的土地。小草总是扎稳自己的根，慢慢地去开拓新的生长空间，最终绿遍原野。一步一步来便是它成功的原因。

我国著名物理学家钱三强说："古今中外，凡成就事业，对人类有作为的人无一不是一步一个脚印、艰苦攀登的人。"

世界著名撑竿跳高名将布勃卡有个绰号叫"1厘米王"，因为只要在一些重大的国际比赛中，他几乎每次都能刷新自己保持的记录，而且总是将成绩提高1厘米。当他成功地跃过6.25米时，他不无感慨地说："如果我当初就把训练目标定在6.25米，没准儿会被这个目标吓倒，并且根本达不到今天的成绩"。

的确，在实现梦想的进程中，缩小梦想，并且让梦想脚踏实地，或许真会有奇迹发生，生活中许多人在实现梦想的路上，之所以半途而废，原因是因为梦想太大，太遥远，总让人感觉到不可企及。如果我们也把梦想缩小到"1厘米"，也许会少了许多懊悔和感叹，从而多了成功的奇迹。

在英国最古老的建筑物威斯敏斯特教堂旁边，立着一块墓碑，上面刻着一段非常著名的话："当我年轻的时候，我梦想改变这个世界；当我成熟以后，我发现我不能够改变这个世界，我将目光缩短了些，决定只改变我的国家；当我进入暮年之后，我发现我不能够改变我的国家，我的最后愿望仅仅是改变一下我的家庭。但是，这也不可能。当我现在躺在床上，将行就木时，我突然意识到：如果一开始我仅仅去改变自己，然后，我可能改变我的家庭；在我家人的帮助和鼓励下，我可能为国家做一些事情；稍后，谁知道呢？我甚至可能改变这个世界。"

以上两个故事都告诉我们：一步一个脚印，才可能走向更高远的目标。适时缩小我们的目标，减轻我们的负担，都有可能为我们疲惫的心灵注入永久的激情与活力，更有利于稳扎稳打。

老子在《道德经》里说："合抱之木，生于毫末；九层之台，起于累土；千里之行，始于足下"，这也告诉我们：只要脚踏实地，每天进步一点点，便会有达到成功的一天。下面的故事就见证了化整为零的力量。

纽约的一家公司被一家法国公司兼并了，在兼并合同签定的当天，公司新的总裁就宣布："我们不会随意裁员，但如果你的法语太差，导致无法和其他员工交流，那么，我们不得不请你离开。这个周末我们将进行一次法语考试，只有考试及格的人才能继续在这里工作。"散会后，几乎所有人都拥向了图书馆，他们这时才意识到要赶快补习法语了。只有一位员工像平常一样直接回家了，同事们都认为他已经准备放弃这份工作了。令所有人都想不到的是，当考试结果出来后，这个在大家眼中肯定是没有希望的人却考了最高分。

原来，这位员工在大学刚毕业来到这家公司之后，作为一个销售部的普通员工，他看到公司的法国客户有很多，但自己不会法语，每次与客户的往来邮件与合同文本都要公司的翻译帮忙，有时翻译不在或兼顾不上的时候，自己的工作就要被迫停顿。因此，他早早就开始自学法语了。

这些准备都是需要时间的，他是如何解决学习与工作之间的矛盾呢？就像他自己所说的一样："只要每天记住10个法语单词，一年下来我就会3600多个单词了。同样，我只要每天学会一个技术方面的小问题，用不了多长时间，我就能掌握大量的技术了。"

让我们一步登天做不到，但是一步一个脚印能做到；让我们一下子成为圣贤之人不可能，但要求自己每天进步一点点有可能，持之以恒地努力一定会有所回报。

创造力比知识重要

创造的神秘，有如夜间的黑暗——是伟大的。

而知识的幻影却不过如晨间之雾。

——摘自泰戈尔《飞鸟集》第14篇

　　这首小诗意味着创造力比知识更重要。20世纪初美国知名记者林肯·斯蒂芬斯说："没有已经完成的事情。世界上的一切事情都待完成。最美丽的画儿还没画，最伟大的剧本还没写，最优美的诗歌还未创作。世上还没有完美的铁路，最好的政府和完善的法律。物理学、数学以及最顶尖的科学还在雏形阶段。心理学、经济学和社会学正在酝酿下一个达尔文，而他的任务是在等待下一个爱因斯坦。"不管在什么时代，创造力都非常重要，拥有创造力，才能超越和前进。

　　创造能力，是世界上最可宝贵的能力，也是人类最终走出动物界而成为人的最根本的能力。人类社会的发展史，实际上是一部创造史。如果没有第一件生产工具的创造，人类至今仍然是茹毛饮血的灵长类动物；如果没有冶铁技术的创造，人类就不能进入农业文明时代；如果没有第一台蒸汽机的发明，人类就不会进入工业文明时代。

　　创造能推动社会的发展，更能改变自己的生活，使生活越变越好。

　　美国圣地亚哥的克特立旅馆是一座重要建筑的诞生地。当时旅馆的管理人员觉得原来的电梯太小，必须扩建。于是，找了很多工程师来一起解决这个问题。他们设计的方案是从地下室到顶楼，一路挖一个大洞，就可以建一个新电梯了。他们的谈论被一个清洁工听到了，清洁工问他们要干什么，于是这些人解释了方案。清洁工听后说："可这样会搞得很脏、很乱呀，而且如果停业的话很多人会失去工作。"一个工程师听了清洁工的话，挑战性地问："你有更好的主意吗？"

清洁工想了想说："为什么不在旅馆的外面修电梯呢？"于是，克特立旅馆成了现在已被广为采用的室外电梯的发源地。

创造是一切进步的源泉，一个创造，可以改变一个人生，可以救活一个企业，可以打赢一场战争，可以导演一段历史，可以策划一片奇迹。

美国有一家生产牙膏的公司，产品优良，包装精美，深受广大消费者的喜爱，每年的营销额蒸蒸日上。记录显示，前10年，每年的营业额增长率为10%—20%。这令董事会兴奋万分。不过进入第11年、第12年、第13年时，营销额则停滞下来，每月大体维持在同样的数字，董事会对此3年的业绩表现感到强烈不满，便召开经理级以上的高层会议，商讨对策。

会议中，有名年轻的经理站了起来，对总裁说："我有一张纸条，纸条里有个建议，若您要采用我的建议，必须另付我5万美元。"

总裁听了很生气地说："我每个月都支付给你薪水，另有分红、奖金，现在叫你来开会讨论对策，你还另外要求5万美元，是不是太过分？""总裁先生，请别误会，您支付我的薪水，让我平时卖力为公司工作，但这是一个重大而又有价值的建议，您应该支付我额外的奖金。若我的建议行不通，您可以将它丢弃，1分钱也不必支付。但是，您损失的必定不止5万美元。"年轻的经理说。"好，我就看看它为何值这么多钱？"总裁接过那张纸条，阅毕，马上签了一张5万美元的支票给那个年轻的经理。那张纸条上只写了一句话："将现在的牙膏开口直径扩大1毫米。"

总裁马上下令更换新的包装，试想，每天早晚，消费者多用直径扩大了1毫米的牙膏，每天牙膏的消费量多出多少倍呢？这个决定，使该公司在第14个年头的营业额增加了32%。

创造力往往意味着打破旧规则，一个小小的改变，往往会引起意料不到的变化。

19世纪70年代，当时著名的打字机制造商肖尔斯公司听到很多用户的抱怨：打字员打字速度太快的话，按键就会撞在一起。为了解决这个问题，管理层让工程师们找出一种防止这种现象发生的办法。工程师们讨论了一会儿之后，其中一个人说："如果我们让打字员的速度慢下来，会怎么样？按键就不会挤撞得那么厉害了。"于是就有了低效的键盘排列组合。例如，字母"O"和"I"在英语中的使用频率分别排在第3和第6位，但工程师们却把它们放在键盘上由灵活性较弱的手指敲击的位置。这种"低效逻辑"在键盘设计上普遍使用，这个不同凡响的创意解决了键盘上的撞击问题。自从这个解决方案诞生起，打字机的技术发展水平和文字处理水平都得到了大幅度提高。

这些了不起的改进都得益于创造力。爱因斯坦说过："想象力比知识重要，因为知识是有限的，而想象力概括着世界上一切进步的东西，并且是知识进步的源泉。"他所说的想象力正是创造力的重要组成部分。

1983年3月5日，物理学家丁肇中教授和中国科技大学少年班的同学们座谈。丁教授说："你们说喜欢物理。物理，应当靠自己学习。虽然，在学校受教育很重要，但最重要的还是靠自己，靠自己的创造力。"有同学问："那学校的培养就不起作用吗？"丁教授说："我不是那个意思。对一个人一生来说，学校培养毕竟时间较短，只能是一个阶段，这个阶段以后能否成功，主要还得靠自己的创造力……我发现，学物理的人，不论怎样培养，学校教育的影响并不太大。你们看世界上诺贝尔奖物理学奖得主并没有受到什么好的培养。从高的要求来说，我一向认为书本用途并不太大。虽然书还是要念的，知识的基础不可没有，但是念书的本领并不是决定性的。因为，那样最多只能达到写书人的水平而已。最重要的还是创造力，并不在于把书本上的知识都背下来。"

其实，我们知道知识很重要，我们掌握的知识越多，就越容易产生新的联想、新的见解、新的创造；但我们对某一事物的传统意义知之太多，又会阻碍思维的灵活性，使我们不由自主地被前人牵着鼻子走，从而形成智力屏障，导致创造能力的僵化。古今中外有不少人勤奋刻苦，但终其一生，有积累而无创造，为知识所累，为知识所困。我们要学会把心智的"杯子"空出来，为思路的开拓变化留有充分的余地，使知识能灵活地聚合、置换、跳跃、碰撞，迸发出创造的火花。

第六章 与人相处，重在有道

YU REN XIANGCHU ZHONG ZAI YOUDAO

认识别人，了解自己

露珠对湖水说道："你是在荷叶下面的大露珠，我是在荷叶上面的较小的露珠。"

——摘自泰戈尔《飞鸟集》第88篇

这则小诗里，露珠的话语天真可爱，它认识了湖水，了解了自己。它不觉得自己和湖水有多大的差别，它快乐地做自己。在生活中，我们会看到：很多人活得够用心、够努力、够忙碌，但就是活得不快乐、不幸福、不成功，因为他们看不清别人也不了解自己，不知道自己真正需要的是什么，不知道什么该坚持，什么该放弃。

老子在《道德经》里有一句话："知人者智，自知者明。"认识别人、了解自己都很重要。

我们与别人相处，最重要的是了解别人。对于别人的品性、性格、习惯和需要我们都有个基本了解，才能知道如何与别人相处。在理想情形下，我们可以籍着了解别人与之友好相处，相互体谅和帮助；同时我们也可以籍着了解别人，来避免一些交际风险，免受不必要的损失。

有个寓言故事很有意思：一把坚实的大锁挂在大门上，一根铁杆费了九牛二虎之力，还是无法将它撬开。钥匙来了，它瘦小的身子钻进锁孔，只轻轻一转，大锁就"啪"的一声打开了。铁杆奇怪地问："为什么我费了那么大力气也打不开，而你却轻而易举就把它打开了呢？"

钥匙说："因为我最了解它的心。"

是的，每个人的心都像上了锁的大门，任你再粗的铁棒凭蛮力也撬不开。惟有了解别人，才能把自己变成一只细腻灵巧的钥匙，进入别人的心中。

然而认识别人并不容易。首先是不要轻信，要多方面观察、了解，不仅要听其言，更要看其行。其次是从时间的考验中"知人"，有句古话说，"路遥知马力，日久见人心"，很有道理。再次，就是从关键时刻的考验中"知人"。在影响一个人的荣辱进退的一些关键时刻，也是考验人的重要关头。

尽管"知人"很难，但我们还是要千方百计去学会"知人"。学会区别哪些人可以深交，哪些人只能一般交往，哪些人要敬而远之；哪些人是正人君子，哪些人是势利小人；哪些人是直言不讳的净友，哪些人是口蜜腹剑的奸徒；等等。在生活中探索、积累、发展、使用知人之智，会让我们更好地生活。

"自知"和"知人"对于我们每个人的人生同样重要，而且，"自知"更难，有句话不是说："人贵有自知之明"吗？

古刹里新来了一个小和尚，他积极主动地去见方丈，殷勤诚恳地说："我新来乍到，先干些什么呢？请方丈指教。"

方丈微微一笑，对小和尚说："你先认识和熟悉一下寺里的众僧吧。"

第二天，小和尚又来见方丈，殷勤诚恳地说："寺里的众僧我都认识了，下边该去干些什么呢？"

方丈微微一笑，洞明睿犀地说："肯定还有遗漏，接着去了解、去认识吧。"

三天过后，小和尚再次来见方丈，蛮有把握地说："寺里的所有僧侣我都认识了。"

方丈微微一笑，因势利导地说："还有一人，你没认识，而且这个人对你特别重要。"

小和尚满腹狐疑地走出方丈的禅房，一个人一个人地询问着、一间屋一间屋地寻找着。在阳光里、在月光下，他一遍一遍地琢磨、一遍一遍地寻思着。

不知过了多少天，一头雾水的小和尚，在一口水井里忽然看到自己的身影，他豁然顿悟了，赶忙跑去见老方丈……

人这一生最难做到的就是认识自己，所以古希腊的智者在太阳神阿波罗的神庙门上留下了这样的警训："人啊，认识你自己！"

看不清自己，不认识自己，结果往往就是活不明白，不明白自己为什么要活着，不明白人活着有什么意义。如果活了一辈子，连自己真正想要的是什么、自己应该去干些什么都没搞清楚，又何谈活得幸福、做出成就呢？

如何正确地认识和评价自我，以下有三种可供参考的方法：

第一，以人为镜，从比较中认识自己。通过处世方法、感情方式等方面与同伴的比较，找出自己的位置。这种比较虽然常带有主观色彩，但却是认识自己的常用方法。

第二，从别人的评价中认识自己，当然对待别人的评价也要有认知上的完整性，不可以自己的心理需要而只注重某个方面的评价，而应全面听取，综合分析，恰如其分地对自己做出评价和调节。

第三，通过生活经历了解自己。成功和挫折最能反映个人性格或能力上的特点，在自我反思和自我检查中重新认识自我，认识自己的长处和短处，把握自己的人生方向。如果你不能肯定自己是否具有某方面的才能或者优势，不妨寻找机会表现一番，从中得到验证。

活着，如果能对自己、对他人有一种清醒的认识，就能活得明白、活得真实、活得从容、活得快乐。

发现别人的优点

> 静悄悄的黑夜具有母亲的美丽，而吵闹的白天
> 具有孩子的美。
>
> ——摘自泰戈尔《飞鸟集》第297篇

你可曾像诗人一样发现黑夜和白天的美丽？罗丹说过："生活中不是缺少美，而是缺少发现美的眼睛。"

欣赏人也是一样，也需要一双发现美的眼睛，我们要善于发现别人身上的优点。人就像浩瀚宇宙中的星辰一样，每个人都有闪光的一面，只是有些人不善于显露出来而已。如果我们太关注于自己的光芒，就会忽略了别人。那些善于发现别人优点的人，往往是能虚心接受意见的人。"水惟能下方成海，山不矜高自极天。"善于发现别人的优点，虚心听取他人的意见，聪明的人会变得更加睿智。相反，不善于发现别人优点，再发展到极端，就会变成一个自我满足、心胸狭窄的人。这样的人往往与机会和成功无缘相见，最终可能会成为一个无所作为的人。

善于发现别人的优点，能够帮助我们成就一番事业。

西周的开国之君周文王是一个德才兼备的人，同时他也善于发现别人内在的潜质和隐藏的优点。于是，一个渔翁被封为军师。这个渔翁为他出谋划策，招揽人才，为推翻暴君建立西周立下了不可磨灭的功劳。这个渔翁就是姜子牙。三国时期的刘备，本着救国救民的满腔热情去请栖身于草庐之中的隐士诸葛亮出山，甚至不顾风雪，三顾茅庐。终于，一个天才军师被刘备所用，一段

招纳贤才、虚心求教的佳话让人广为传唱。周文王、刘备二人只是千万有志之士中的两个，他们之所以能成就一番伟业，重要的一点就是他们善于发现别人的优点。

善于发现别人的优点，有助于提升自己的思想境界。

宋代大文豪苏轼非常喜欢谈佛论道，和佛印禅师关系很好。有一天他登门拜访佛印，问道："你看我是什么。"佛印说："我看你是一尊佛。"苏轼闻之飘飘然，佛印又问苏轼："你看我是什么？"苏轼想难为一下佛印，就说道："我看你是一坨屎。"佛印听后默然不语。于是苏轼很得意地跑回家见到苏小妹，向她吹嘘自己今天如何一句话噎住了佛印禅师。苏小妹听了直摇头，说道，"哥哥你的境界太低，佛印心中有佛，看万物都是佛。你心中有屎，所以看别人也就都是一坨屎。"

这个故事的道理十分深刻：善于发现别人优点的人，必然心胸广阔；总是看到别人缺点的人，往往心理阴暗。世界上没有一无是处的人，正如世界上没有完美无缺的人一样。我们要善于发现别人的优点，并把它转化成自己的长处，不断提高自己的思想境界和自身能力，不断完善自我、超越自我！

善于发现别人的优点，我们会生活得很快乐。

有人说："如果你把身边人看作天使，你就生活在天堂；如果你把身边人看作魔鬼，你就生活在地狱。"学会去发现别人身上的优点，世界将会变得美好。我们常常举半杯水的例子，有的人看到它有一半是满的，有的人看到它有一半是空的。正如每个人都是优点和缺点的混合体，有的人总是从别人身上看到缺点，有的人总是从别人身上看到优点。看到缺点的人总觉得人心险恶、社会阴暗，变得孤僻，难以与人交往；看到优点的人就会觉得生活美好，变得热情大方，自然左右逢源、朋友众多。孔子曰："三人行，必有我师焉！择其善者而从之，其不善者而改之。"每个人都有值得你学习的地方，关键在于你愿不愿意承认，愿不愿意主动去发掘。

善于发现他人的优点会让我们受益无穷。也许正是因为你的发现，一个隐藏的金子会闪出耀眼的光芒；也许正是因为你的发现，你会不断成长。让我们去喜爱身边的人，关心身边的事，再用感恩的心态去看待这个世界，用欣赏的目光发现别人的优点，那么，我们的生活必然充满着幸福和快乐！

敞开心扉广交朋友

人对他自己建筑起堤防来。

——摘自泰戈尔《飞鸟集》第79篇

对自己都建筑起堤防的人又怎会敞开心扉接纳他人呢？生活中有些人把自己局限在一个狭小的圈子里，禁闭自己的心扉，不爱与人交往，掩盖了自己的才华，最终与成功失之交臂。仅仅依靠自己的聪明才智和勤奋努力，很多时候不足以得到社会的承认，做不出任何有成效的事情。

任何人的成长和发展，都要借助于各方面的社会关系。只有在大舞台上，才能充分施展自己的拳脚。因此我们应该走出自己划定的小圈子，与社会上形形色色的人进行交往，广交益友，因为结交的朋友多了，我们得到帮助的机会就越多，成功的几率就越大。

29岁的周霖现在是黑莓中国技术部经理，不过，他也曾经历过高考失意。尽管周霖自小理工科就异常优秀，但在2001年的高考中，他发挥失常，仅考了613分。在强手如云的山东考生中，这个成绩并不出色。最终他没能收到自己渴望的大学的录取通知书。

因而，他决定远赴大洋彼岸求学。2001年年底，周霖到达加拿大读了半年ESL（English as a Second Language），慢慢适应加拿大的生活和语言环境。这半年，他每天都混迹在当地人圈子里，拼命想一些能和当地人交流的话题。

"当地人关注的话题和我在国内时还是有很大不同的，我就会想法子和他们聊他们感兴趣的话题，比如去哪里旅游啦，刚刚打完的一场棒球比赛啦……慢慢地，我就能融入当地社会了，并交到了许多朋友。这其实是留学很重要的一个部分——如果你在外留学多年都无法融入当地人的圈子，只在同胞圈子里面待着，那么出国留学和在国内读大学又有什么区别呢？特别是对于一些希望在国外就业的同学来说，如果语言关都过不了，那在大学毕业后面试的时候，又该怎么向雇主介绍自己呢？"

融入当地圈子这招果然有效。半年后，周霖在托福考试中拿到271分（当时满分为300分），并顺利收到了加拿大顶尖学府多伦多大学电子工程专业的录取通知书。不过，多伦多大学严格的考核机制成为周霖面对的下一个挑战。"多伦多大学在大一时的淘汰率是20%~30%，有相当一部分人不能升上大二。不过参加过中国高考的学生大可放心，以中国高中打下的理工科基础，这一关算不了什么。但是，以我个人的经验而言，中国学生到国外第一年，可以趁着高中底子好的优势，多去了解周围的环境、当地人的思维模式，以及广交朋友。还有一点就是要注意参加校内的活动，比如参加社团活动等。其实还是一句话，尽快融入当地的文化。"周霖说，自己大一、大二时的游历和交友，是人生中一笔宝贵的财富。

周霖广交朋友使他打通了语言关——留学的最大障碍。这也启发我们，应该广泛与各种各样的人交往，这样我们的世界就会变得宽广。如果我们有许多朋友，那么办理各种事情就会方便得多。尤其是知己者，既是最了解自己的人，又是自己最信得过的人，更是我们可以向其倾吐衷肠的人，他能使我们遇到任何挫折和失意都不会感到孤立，知心朋友会在任何时候理解和支持我们。

要想广交益友，一方面应积极敞开自己闭锁的心扉，追求人生的乐趣，摆脱孤独的控制；正确地认识别人和自己，不要自恃比别人强，也不要自卑，以一颗平常心看待自己，多与别人交流思想，沟通感情，享受朋友间的友谊与温暖。另一方面，应该多参加正当、良好的交往活动，在活动中逐步培养自己开朗的性格。要敢于与别人交往，虚心听取别人的意见，适时地赞美对方，同时要有与别人成为朋友的愿望。这样，在每一次交往中都会有所收获，丰富知识经验，纠正认识上的偏差，获得珍贵的友谊，愉悦自己的身心。

学会倾听别人的心声

绿树长到了我的窗前，仿佛是喑哑的大地发出的渴望的声音。

——摘自泰戈尔《飞鸟集》第31篇

诗人能从窗前的绿树那倾听到大地内心的渴望，我们是否能从周围人的语言里倾听出他人的心声呢？人活在世上，说和听是两件要务。但是，听比说更重要，因为，如果我们没有听到有关信息，我们的说便会无的放矢。只有认真地听，你才能对周围的人和事有更确切的感知，才能对历史有更深刻的把握，才能把他人的智慧集于己身，才能拓展自己的眼界和胸怀。犹太人建立人际关系的方式便是——"要以两倍于自己说话的时间倾听对方的话"，这是因为，人只有一张嘴，却有两个耳朵。建立了巨大金融王国的罗斯柴尔德家族的家训就是"少说"，倾听对方的话，建立信任关系，才能获得成功。

关于倾听他人，歌德曾说过："对别人述说自己，这是一种天性；认真对待别人向你叙说他自己的事，这是一种教养。"我们年轻时，总是以为话说得越多，在社交圈里便越成功，而不懂得学会倾听的意义。

一位外交官的太太曾向人细述在她丈夫初入外交界，带她出去应酬时，她在那些场合多么受罪，她说："我是个小地方的人，而满屋子都是口才奇佳、曾在世界各地住过的人。我拼命找话题，不想只听别人说。"一天黄昏，她终于向一位不大讲话但是深受欢迎的资深外交家吐露了自己的问题。他告诉她说："每个人说话都要有人听，相信我，善于聆听的人在宴会中同样受欢迎，而且难能可贵，就好像撒哈拉沙漠中的甘泉一样。"

倾听会使我们感到爱的折射、心的相通、情的交融。倾听是一种修养，是一种尊重。从婴儿开始，我们就无意识地在听，听亲人的呼唤，听自然界的风雨，听远方的信息，听社会的约定俗成。这是一种模糊的天赋，是可以发扬光大也可以湮灭无闻的本能。怎样提高倾听的能力，以下是几点建议：

一、全心全意地聆听。要设法撇开令你分心的一切，眼睛要看着对方，点头示意或者打手势鼓励对方说下去，藉此表示你在用心听着。要是你轻松地坐着，全神贯注，不用说话也能表示你在用心听着。一位风度悦人的女性，长得既不美，谈吐也不是特别风趣，可是她听别人讲话的时候，心神完全集中在对方身上，让对方觉得自己是世间最重要的人，这正是一个善于聆听的人所具有的强烈感染力。

二、协助对方说下去。借用一些很短的评语或者问题来表示你在用心听。即使你只是简短地说"真的？"或"告诉我多一点"也行。

三、要学会听出言外之意。

一位生意兴隆的房地产经纪人认为，他成功的原因在于不但能细心聆听顾客讲的话，而且能听出没讲出来的话。他讲出一所房屋的价格时，顾客说："哪怕琼楼玉宇也没什么了不起。"可是说的声音有点犹豫，笑容也有点勉强。他便知道顾客想买的房子和他能买得起的显然有差距。"在你决定之前，"经纪人练达地说，"不妨多看几幢房子。"结果皆大欢喜，那主顾买到了他中意的房子，生意成交。

即使听自己喜爱的熟悉的人讲话，也容易只听到表面的含义，而忽略了话中有话。"这是怎么回事？你怎么弄成这样？"这番气冲冲的指责可能与你做的事无关，其真实含义是："我今天的工作把我折腾够了，我正想发脾气。"要是你善解人意，听得出这番话中隐藏着委屈和挫折，在较为心平气和时，只消稍微说一两句表示关心的话，（"你看起来有些累，今天很辛苦吧？"）就可以帮助一个满腹牢骚的人，以不伤感情的方式消气。

四、用心听，但不急于判断。只判断而不用心听，便会切断许多心灵沟通的途径。加州大学精神病学家谢佩利医生说，向你所关心的人表示你不赞成他们的行为，但欣赏他们的为人，这是非常重要的，仔细聆听能帮助你做到这一点。

心理学专家研究"倾听"时曾特别指出：年轻人最易犯的毛病是——他明白所有倾听的要素，也懂得做出倾听的姿态，其实呢，他在想着待会儿自己要说的话，他关注的不是述说者，而是自己。"佯听"是很容易露馅的，只要他一开口说话，神游天外的破绽就败露了。倾听来不得半点虚假和做作，是对真诚直截了当的考验。所以如果你不想倾听，那不是罪过，如果你伪装倾听，那不单是虚伪，而是愚蠢了。

当我们深刻明白倾听的本质而不仅仅把它当成赢得他人好感的策略，倾听便向我们展示它更加美好的内涵，它无处不在，息息相关。如果你谦虚，以万物为师长，你会听到松涛海啸，雪落冰融，你会听到许多生命的乐曲。如果你平等待人，你的耐心就有了坚实的基础，你可以从述说者那里获得宝贵的馈赠——温暖的信任和支持。让我们学会倾听吧，我们能听出温暖和力量，也能听出许多人生的智慧。

助人时请尊重受助者

不要从你自己的袋里掏出勋绩借给你的朋友，
这是污辱他的。

——摘自泰戈尔《飞鸟集》第105篇

同情本是人类最美好的感情，无私的帮助与关怀也应是最值得褒扬的行为。然而如果如小诗中那样，方式方法上不够慎重、不够平等地对待受助者，谁又能想象这帮助将会造成受助者怎样的负担和伤害？

有一年，齐国发生大灾。一个叫黔敖的人准备了一些食物放在路旁，发放给路过的饥民。一个饿极了的人出现了，他用衣袖遮住半张脸，趿拉着鞋，两眼昏暗无光，摇摇晃晃地走过来。黔敖左手端着饭，右手提着壶，大声吆喝道："哎！过来吃！"那人抬起眼睛看着黔敖，说："我就是因为不吃这种吆喝着施舍的饭，才饿成这个样子。"说完，摆摆手去了。这个人终于不肯吃嗟来之食而被饿死了。

在帮助他人时，不要抱有施舍的姿态，人不仅需要物质上的资助，更需要精神上的平等和互相尊重。如果我们肯换位思考一下，当我们穷困潦倒时，的确需要别人的帮助，但是如果因为受到帮助而使我们产生了自卑甚至不平等之感，那我们宁愿守着一份基本的尊严，而继续自己的贫困。

又如，一家文具生产企业，拿出一百万元善款，搞了一个"向贫困生献爱心"的活动。一个名叫小芹的女孩，生活在大别山的山村里，她在去年的高考中，以全县理科第一名的成绩，被上海的一所重点高校录取。但小芹是个地道的贫困生，父母身有残疾，家里一贫如洗。企业得知这个情况后，决定向小芹捐助五万元，让她顺利完成大学学业。企业联系到当地政府，希望当地电视台配合，办一个"捐助仪式"，高调宣传，仪式准备在小芹的村子里举行，到时候，要安排小芹的父母讲一些感谢的话，小芹也要在电视镜头前表个态，无非是围绕感恩的话题。

企业献爱心，政府当然支持，贫困生也需要这份爱心，何乐而不为？然而小芹拒绝了这次捐助。小芹说："企业的这份情意，我心领了。我不希望在电视上、在众人面前展现我们家的窘况，并心安理得地用这种窘况换取资助。请为我父母的尊严和我的尊严保留一份神圣。""其实为了我，我的父母已经尽了力，甚至比别人的父母付出的更多，所以贫穷不是他们的过错。如果将来我不能改变，那么，错就在我，我会努力的。""从小学到现在，求学十多年，老师和同学且不说，我们村子里的每一户人家都给过我帮助。一元，两元，一毛，五毛……少吗？不！当他们把钱塞到我手里时，我觉得那是一团火，温暖了我全部的精神世界。正是这些爱心的激励，使我对生活、对未来充满信心，我发誓一定要好好读书，一定要有所作为，一定要把温暖传递给更多的人。"

爱心和慈善，是人类精神中美好的境界，也是每一个人能企及的境界。爱心和慈善之举，不该有前提，不该有条件。人的尊严比爱心的鲜花更值得捍卫。

关怀他人，首先应做到尊重他人。帮助不是同情，更不是施舍，而应如春风化雨般，滋润他人干涸的心田；应如一束清晨的阳光，照进他人阴霾的心房。有这样一个故事：

一位商人看到一个衣衫褴褛的铅笔推销员，顿生怜悯之情。他不假思索地将10元钱塞到卖铅笔人的手中，然后头也不回地走开了。走了没几步，他忽然觉得这样做不妥，他给了钱却没有拿铅笔，就好像是自己施舍的一样，他觉得自己应该尊重人家，哪怕他很穷，他也有尊严。于是连忙返回去，并抱歉地解释说自己忘了取笔，希望推销员不要介意。最后，他郑重其事地说："你和我一样，都是商人。"

一年之后，在一个商家云集、热烈隆重的社交场合，一位西装革履、风度翩翩的推销商迎上这位商人，不无感激地自我介绍道："您可能早已忘记我

了，而我也不知道您的名字，但我永远不会忘记您。您就是那位重新给了我自尊和自信的人。我一直觉得自己是个推销铅笔的乞丐，直到您亲口对我说，我和您一样都是商人，这句话彻底改变了我的人生。"

没想到商人这么一句简简单单的话，竟使一个自卑的人顿然树立起了自尊，使一个处境窘迫的人重新找回了自信。正是有了这种自尊与自信，才使他看到了自己的价值和优势，终于通过努力获得了成功。不难想象，倘若当初给予帮助时没有那么一句尊重鼓励的话，纵然给他再多钱也无济于事，也不会出现从乞丐到成功商人的巨变。

认清他人对你的"好"与"不好"

上帝对人说道："我医治你，所以要伤害你，我爱你，所以要惩罚你。"

——摘自泰戈尔《飞鸟集》第63篇

你是否知道：伤害你、惩罚你的人，也许像小诗中上帝所说的那样，是医治你、爱你的人？

在人生的路上，我们会遇到各种各样的人。有的会成为我们生活或者事业上的良师益友，有的会变成我们生活事业上的对手，处处与我们争风较劲，总想把我们踩在脚下。但是否就如我们平时想的那样：朋友总会在身边陪伴、迁就着我们，而对手则无时无刻不在窥视着我们，等待时机打击我们？

一只小鸟正在飞往南方过冬的途中，突然有一天遇到了一场寒流，天气骤然变冷了而且还下起了大雪。小鸟又冻又饿，最后实在飞不动，身体也开始僵硬了，于是从天上掉下来，跌在一大片农田里。它躺在田里的时候，正好一头母牛走了过来，而且不幸的是，还拉了一泡屎在它身上。冻僵的小鸟躺在牛粪里，一开始非常气愤，后来发现牛粪真是太温暖了。牛粪让它慢慢缓过劲儿来了！它躺在那儿，又暖和又开心，不久就开始高兴地唱起歌来了。这时，一只路过的猫听到了小鸟的歌声，走过来查个究竟。顺着声音，猫发现了躲在牛粪中的小鸟，非常敏捷地将它刨了出来，然后将它吃了。

这个故事给了我们一个深刻的警示：并不是所有让你觉得不舒服的人都是你的敌人，也有可能是你的朋友出于好心而对你严厉了一些；并不是所有把你

从困境中解救出来或者是对你恭维谄媚的人都是你的朋友，也许他还有更深的目的。当我们身处于逆境当中的时候，一定要保持冷静，不要因为不顺而口无遮拦，鲁莽行事。

中国有句俗语"爱之深，恨之切"，我们身边的亲人、朋友很多时候都在关注着我们，希望我们过得开心快乐，一切都顺心顺意。他们会不时地在我们耳边念叨"不要这样、不要那样、应该怎么样……"，而当我们犯了一些错误时，他们有时会非常气愤，会严厉批评我们或惩罚我们，但这并不是就说明他们对我们不好，反而恰恰说明他们非常在意我们。当你的亲人、朋友因为某些事情说你时，一定要耐心地倾听，即使不接受也要放在心上，因为那是他们对你的爱。

与上面提到的恰恰相反，那些对我们关怀备至、笑脸相迎、卖力讨好的人，并非一定就是我们的朋友。他们可能会是潜伏在身边的敌人，整日麻痹我们的意识，当有一天我们放松的时候就会给我们致命的一击。

最后一点对我们来说尤为重要。一个人不免会遇到一些挫折和失意，这些会让我们无比烦恼。即使这样也千万不要抱怨、不要哭诉，这些挫折和失意都是人生的必然，都可以度过。如果一味地夸大它的影响，让自己一直沉浸在其中无法自拔的话，或者是将一切的想法抱怨都表现出来，我们可能会面对更大的悲剧。所以，无论遇到多么困难的情况，忍耐住，设法度过它，也许会有一个出人意料的收获，因为黎明到来之前总有一段黑暗！

著名作家曲波曾经说过："能媚你的，必能害你，要加倍防备；肯谏你的，必肯助你，要倾心细听。"虽然这话说得有些绝对，但很多时候也是非常准确的。可我们不能因为害怕，而不与别人接触交往，既然身处于这个社会当中，就难免会与形形色色的人打交道，我们无法决定别人的好坏，但我们可以坚持自己——坚持自己的本心、本性，坦然地面对每一个人！

"良药苦口利于病，忠言逆耳利于行"，对于一个人来说，前进是艰难的，但艰难中也有欣慰，那就是一直陪伴在我们身边的朋友。朋友得之不易，我们一定要用心去结交每一个真诚对待自己的朋友，用心去倾听他们对自己的"忠言"，因为那是帮助我们走出迷途的灯塔，是我们成长的量尺，是我们进步的阶梯。

懂得拒绝也是一种智慧

无垠的沙漠热烈追求一叶绿草的爱，她摇摇头笑着飞开了。

——摘自泰戈尔《飞鸟集》第5篇

绿草怎能接受沙漠的追求？它定要拒绝，因为接受了沙漠意味着它自己的死亡。在与人相处时，我们要有宽容与接纳之心，但也要懂得怎样拒绝。因为我们每一个人的时间和精力都是有限的。一个成功的人不会是一个有求必应的人，他懂得适当地拒绝，为自己留得时间和空间。只有学会拒绝，我们才能有更多的精力做自己真正想做的事情。拒绝别人不代表我们不善良，拒绝别人也不代表我们得不到好口碑。很多时候，一味迁就也是一种伤害，对别人是，对自己也是。

拒绝对时间的浪费就等于是对生命的珍惜。许多心怀大志，珍惜时间的人都有闭门谢客的故事。

我国早期革命家邓中夏先生在北大读书时，给自己规定了严格的学习时间。为不受人干扰，他干脆写了个"五分钟谈话"的纸条，贴在书桌上，来访的客人看到这字条后，如没重要事情便会马上告辞。有的客人甚至从他那儿得到启发，也抓紧时间读书，不再虚度年华。

素有"欧洲旅馆主人"之称的启蒙思想家伏尔泰的家，每天门庭若市，使他不得安宁。无奈，他只好装病来挡驾。如果通报来人是他讨厌的人，他就立即瘫倒在床上，装作不省人事。待客人一走，他就一跃而起，继续埋头写作。

法国文豪雨果为了集中精力写一部小说，竟给自己剃了光头。有人上门找他，他立即指着光头说："对不起，你看这头，对不起人！"来人只好悻悻而回。当别人请其赴宴时，他拒绝说："我这光头，不登大雅之堂，去参加你的宴会，不是给你丢脸吗？"因此，每当雨果长发飘飘时，就意味着又一部巨著诞生了。

学会拒绝，就会让自己少受干扰，赢得学习和工作的有效时间，从而成就自己。而且，有时候头脑清醒地拒绝，还会让人避免步入歧途，获得人生的幸福。

有这样一个故事，一条天真的小鱼问鱼妈妈："朋友说钓饵是最美味的，就是有点儿危险。怎样才能既尝到这种美味而又不危险呢？"鱼妈妈说："这两者不能并存，最保险的办法就是绝不去吃它。""可他们说，那是最便宜的，因为它不需要付出任何劳动。""这可完全错了。"鱼妈妈说，"最便宜的往往也是最昂贵的，因为它要我们付出的代价是生命。一种食物味道好而又便宜，表面看不用付出代价，其实钓钩很可能就在里面！"

故事虽短，却给人启迪。物欲横流的社会，的确要面临很多诱惑。倘若是非不辨，什么事都不想放弃，不会拒绝，势必会走入歧途。学会拒绝，往往能成就人的一生。陶渊明"不为五斗米折腰"，辞官归田，拒绝了污浊的官场，故有"采菊东篱下，悠然见南山"的名句传世。居里夫人拒绝一切荣誉，甚至把诺贝尔奖章给孩子当玩具，淡泊名利的心志，成就了她的不朽功绩。

拒绝不代表弱势，不意味着逃避或是偷懒。相反，它是对自己负责，也是对别人负责。认清自己能力不及的事情，学会拒绝你不想要的、不想做的、做不了的、达不到的。这是一段广为流传的对话：

"这个项目多久可以完成？"

"六个月。"

"四个月行吗？给你加百分之五十的报酬。"

"对不起，我做不到。"

对话中勇敢地对客户说"我做不到"的正是创业之初的李彦宏，当初百度还只是一个不起眼的小公司。然而，正是李彦宏当初倔强的坚持，反而赢得了客户的信任。后来这个客户告诉李彦宏，对于他的拒绝，他感到非常满意，因为这正反映出李彦宏是个真实和稳重的人。这样他的产品在质量上一定会有保证的。

我们都有这样的体会，在与人相处时，有些时候，我们本想拒绝，心里很不乐意，但却点了头，碍于一时情面，不知怎样启齿说"不"，所以看来，我们应该懂得一些拒绝的艺术：

一、不要立刻就拒绝。立刻拒绝，会让人觉得你是一个冷漠无情的人，甚至让他人觉得你对他有成见。

二、不要轻易地拒绝。有时候轻易拒绝别人，会失去很多帮助别人，获得友谊的机会。

三、不要盛怒下拒绝别人。盛怒之下拒绝别人，容易在言语上伤害别人，造成日后相处的芥蒂。

四、不要随便地拒绝。太随便地拒绝，别人觉得你并不重视他，容易造成反感。

五、要能婉转地拒绝。真正有不得已的苦衷时，如能委婉地说明，以委婉的态度拒绝，别人还是会感动于你的诚恳。

六、要有笑容地拒绝。拒绝的时候，要面带微笑，态度要庄重，让别人感受到你对他的尊重、礼貌，就算被你拒绝了，也能欣然接受。

七、要有代替地拒绝。你跟我要求的这点我帮不上忙，我用另外一个方法来弥补你，或者我在其他方面能帮上忙。

一旦我们学会说"不"，从容地、放心地拒绝一切不适当的要求，我们便能更好地去追求自己的目标，做更好的自己。

与人说话要讲究技巧

权势对世界说道："你是我的。"世界便把
权势囚禁在她的宝座下面。
爱情对世界说道："我是你的。"世界便给
予爱情以在她屋内来往的自由。

——摘自泰戈尔《飞鸟集》第94篇

"言为心声"，爱情与权势在说话上就有区别。爱情谦卑礼貌、饱含柔情的话语怎能不被接受？所以，有许多饱经世事的人总结说，说话也有学问，必须讲究技巧。说一句好话，人家听了高兴，就像菩萨的甘露水滴到心里一样清凉；说不好的话，叫人听了不高兴，就像利刃刺进心一样痛。有人因为会表达而受欢迎，有人则因为表达方式不当而在人际交往中吃亏。

很久以前，在一个村庄里有一个远近闻名的财主。他从不思考自己所说的话，为此得罪了不少人。

有一天，这个财主设宴请客。桌上摆满了鸡鸭鱼肉、山珍海味。客人来了不少，可能是他希望来的几位客人还没有到，于是他非常失望，就不加思索，自言自语道："该来的怎么还不来呢？"客人们一听，心里凉了一大截："什么叫该来的没来，难道我们是不该来的吗？"。一半的客人坐不住了，于是他们连饭都没有吃就走了。财主一看，这么多人不辞而别心里十分着急，又随口说道："哎呀，不该走的倒走了！"剩下的人听了，心里十分生气。"'不该走的走了'。这么说来，我们这些该走的反而赖在这儿了？"于是，又有好几个客人不辞而别。这下可没剩下几个客人了，财主一看更着急了："这！这！我说的不是他们啊！"最后的几个客人听到主人这么说也坐不住了，"'不是说他们'，那当然是说我们了！"于是，他们也气冲冲地打道回府了。

结果，宾客全都走光了，只剩下财主一人站在那儿干着急。财主无意间气走了所有的客人。全都是不会说话惹的祸呀！

财主请客，本来是结善缘的，然而，因他一再说出不该说的话，缘没结到，反结了怨。这些客人愤愤不平地说，就算是山珍海味，以后只要是这主人请客，绝对不来。可见怎样说话是非常重要的，怎么制造令人愉快的谈话真是一门耐人捉摸的学问。

说话与沟通最重要的是：注意对方感受，莫要强势。不注意对方感受，不自觉流露出优越感，自我中心地过问别人的事，都是强势沟通，言者头头是道，听者老觉得拳头不断挥过来，像是攻击。杂志上曾有过一段文字——描述和说话强势的人在一起的不愉快感受，相当真切。

有一个人在家中办聚会，要朋友阿四帮她联络阿品。个性向来比较"固执"的阿品问："还有什么人呀？"阿四将名单口述了一遍。他沉默了半晌说："啊，那我还是不要去好了。""怎样？谁犯着你了？"他吞吞吐吐，才说出一个名字。"你不要以为我跟她有过节……我没有跟她过不去。只是根据我以往的经验，有她在的时候，我都觉得很不好玩……她太强势了。""哈哈，再强势有我强势吗？你并不怕我呀。"阿四说。"不一样，"阿品又想了想，慢条斯理地说，"你是很坚强，你的强势是对自己要做的事很坚持，很有主见，别人动摇不了你的意见，你的强势和我无关；她的强势是对别人很强势，很爱管闲事。一看到我，可能会问我为什么又和女朋友分手了？为什么不结婚？总是这样……让我下不来台。"

阿四笑了。他讲得蛮有道理，朋友们都有点怕那人。看到她，朋友们都像进了训导处的小学生。她对于别人家的事情都要强势过问，讲话语气也很强势，口头禅是"你错了""我跟你说"，一根食指老是戳着对方，总想教导别人什么，不管别人是不是赞同她的看法、想不想听。应该说，她总是采取强势沟通。过去阿四也曾有不愉快的经历。她一碰到阿四，就开始训话，先陈述许多她听来的消息，"听我进一言……我告诉你，你应该要更上一层楼才对……"各种建议倾巢而出，包括建议阿四写一本批评世态乱象的书和一本有关女性如何对抗家暴的书，以端正社会风气云云。阿四连忙道谢，找借口说要上厕所以避开她。

阿品说："我曾经看过一句话：强势沟通是一种攻击。我听她说话，老觉得自己被攻击。"

我们也有体会，在日常交往中，说话强势的人确实不受人欢迎。感叹自己心地好却没多少朋友的人，说话模式大概都有很多问题。所以，多多反省自己，改善自己的言行，如此才能与身边的人融洽相处。以下的几种说话模式可供大家在日常生活中学习和借鉴。

例如："是我拉他来的"如果说成"是我请他来的"是不是会好些？"这是我管的"如果说成"这是我负责的"是不是让人舒服些？"你听我的"如果说成"我们来沟通一下"是不是会使人更愿意接受？"你可别后悔"为什么不说成"你不再考虑吗"？"你要给我小心"试着说成"你还是谨慎点好"效果是否也会好些？

贬低别人就是贬低自己

萤火对天上的星道："学者说你的光明，总有一天会消灭的。"

天上的星不回答他。

——摘自泰戈尔《飞鸟集》第164篇

天上的星不理睬萤火对它的贬低，萤火最终自讨没趣。西方有一句谚语："莫把别人的缺陷当作贬低别人的工具"。那些有大学问、大成就的人，很少有贬低别人的毛病。因为，一是他们谦虚，有胸怀，善于看别人的长处，忽略别人的短处，这样就把别人的长处变成了自己的长处；二是眼光高，性情比较脱俗，不会，或不屑把注意力放在鸡毛蒜皮的事情上面。

在生活中，我们会发现：自以为是、贬低别人的人，最主要的是嫉妒心作怪，不满别人比自己好。喜欢对别人评头论足，吹毛求疵，往往不受人的欢迎，还会招致他人的厌恶。

斯蒂夫不是个引人注目的人，他本可以悠闲自在、安安静静，然而，他的注意力都用来找别人的短处了，他的眼里别人都不行，都不如自己。他本以为贬低别人便抬高了自己，却不知道结果适得其反。

他说约翰长得太高时，同事们情不自禁地看了看斯蒂夫，虽然他们是"抬头不见低头见"的老相识，同事却发现，斯蒂夫实在太矮，好像在发育时期父母亏待了他似的。

当斯蒂夫评价丹妮的眼睛看着让人恶心，同事才注意到斯蒂夫的眼睛，并

拿他的眼睛和丹妮的眼睛做了对比。这才吃惊地发现，相比之下，原来丹妮的眼睛是那么清澈，那么明亮。

斯蒂夫说史密斯有个难看的塌鼻子，却没有注意到他自己脸上的肉团也不怎么样。

斯蒂夫说丹弗尔是"豁牙啃西瓜"，却忘了他自己的门牙间那条有气魄、开阔的"巴拿马运河"。

太阳不会因为被别人贬低而失色，朽木也不会因为贬低别人而生辉。好贬低别人，不仅无法成就自己的高大，反而会招致大家的鄙视和唾弃。贬低别人，有时候甚至会给自己带来祸患。

《三国演义》中有这样一个故事，祢衡去见曹操，曹操说："我手下有数十人，都是当世英雄。荀彧、荀攸、郭嘉、程昱，机深智远，虽萧何、陈平不及也。张辽、许褚、李典、乐进，勇不可当，虽岑彭、马武不及也。吕虔、满宠为干事，于禁、徐晃为先锋；夏侯惇天下奇才，曹子孝世间福将。你看怎么样？"祢衡笑着说："您说错了，这些人物，我了解：荀彧可使吊丧问疾，荀攸可使看坟守墓，程昱可使关门闭户，郭嘉可使白词念赋，张辽可使击鼓鸣金，许褚可使牧牛放马，乐进可使取状读召，李典可使传书送檄，吕虔可使磨刀铸剑，满宠可使饮酒食糟，于禁可使负版筑墙，徐晃可使屠猪杀狗；夏侯惇称为完体将军，曹子孝呼为要钱太守。其余都是衣架、饭囊、酒桶、肉袋之类吧！"当时张辽在旁边，拔剑就想杀了他，曹操急忙拦住，打发他去刘表那儿。刘表也容不下，于是让他去见黄祖。黄祖与祢衡一起喝酒，大醉。黄祖问祢衡："像我这个人怎么样？"祢衡说："你好像庙中的神像，虽然受到供奉，可恨从来没灵验过啊！"黄祖大怒："你原来把我当木偶人！"于是把他杀了。

祢衡是汉末辞赋家，很有才能，只因为太傲慢，目中无人，使尽贬人之能事，最后招致了身首异处的悲剧。

民间谚语说："闲谈莫论人非。"《菜根谭》上说："不责人小过，不发人阴私，不念人旧恶，三者可以养德，亦可以远害。"我们应该记住：贬低别人就是贬低自己。

温和比强硬有力量

上帝的巨大的威权是在柔和的微飔里，而不在狂风暴雨之中。

——摘自泰戈尔《飞鸟集》第151篇

　　这句诗告诉我们：温和比强硬有力量。当与他人发生矛盾或纠纷时，如果觉得对方不讲理，有的人便非常愤怒，争执不休，这样不仅于事无补，还会让自己更加烦恼。

　　孟子说："仁者无敌"，并不是指仁者体格健壮、孔武有力，也不是指言辞犀利、咄咄逼人。仁者的强大，源自内心的仁爱和厚重。君子的力量始自人格与内心，他的内心完满、富足，先完成了自我修养，而后表现出来一种从容不迫的温和风度，常常能够影响或改变他人。有一则寓言故事也很好地说明了温和友善的影响力。

　　寒风和太阳打赌，看谁能让一个人最先脱掉身上的衣服。寒风鼓足了所有的力气，带着彻骨的寒冷和猛烈的凉风吹向那人，但是尽管被吹得摇晃不止，那个人还是拼命地紧紧地拽住衣服。最终，寒风累得筋疲力尽还是未能如愿。而轮到太阳时，它只是笑呵呵地散发着光和热，不一会儿那个人就热得脱下了衣服。大阳对风说："温和与友善总是要比愤怒和暴力更强而有力。"

　　从故事中我们读懂了温和的力量。一个灿烂的微笑、一个赏识的眼神、一句热情的话语，都能化解矛盾双方间的隔阂，让彼此敞开胸襟，融化彼此间的坚冰。

曾在网上看到这样一篇报道：古城西安有位孤苦无依的老妇，整日以摆地摊为生。城管为引导其在适当地方摆摊，想尽了一切办法，无论是劝慰、疏导还是强制驱离，均不奏效。遇到城管执法，老太太总是以推扯、耍赖或干脆报以号哭来加以抵制。城管人员一走，老太太依然随处摆摊，城管工作毫无成效。年关将至，老太太又一次将年画、钥匙扣等小物品摆放路边，以赚取小利维持生计。此时四名城管又向她走来，在她惊惶之际，城管却向她送上了过年慰问品。面对年货及慰问金，老妇又一次号啕大哭，不过此次并非委曲只为感动！事后，老太太由衷地对城管人员谢道：今后摆摊一定服从管理，再不随地乱摆了。这种结果也令城管不胜感慨，原先诸多的方法都不曾令老太太有丝毫改变，而一份新春的慰问却让老人顿时回心转意。

无论是国家、社会，还是集体、个人；不管是工作中，还是生活中，温和远比暴力更有持久的韧性力量。水至柔却能克刚，舌软于牙却久存。生活中的道理会让我们明白：温和是一种理性的升华与胜利。下面事例中的教师就用温和取得了胜利。

有段时间，某学校高三的学生老是从教学楼的三楼向下扔纸飞机，扔得教学楼前满地都是，老师说了多次，也吼了多次，就是没有效果。连续几天卫生状况都很差。一天中午，当一位年长的教师看到又有七八个学生在教学楼三楼往下扔纸飞机的时候，他迅速来到楼下，当天正在下小雨，学生边扔他就边在下面捡，学生看到老教师在水里捡他们扔的纸飞机，没扔的就在上面鼓掌，扔的人连忙跑到教室里躲起来了。老教师捡了三十几个纸飞机，什么也没说，结果从第二天中午以后，再也没有人扔了。

严厉，猛烈的攻击并不足以打败一个人，只能激起他更强烈的反抗；而温和，只有满怀着爱的温和，才更具力量，更能让一个人折服。被爱的温和所折服的人，他永远会以爱和温和来对待人和事。让我们都学会运用这种温和的智慧力量，许多棘手的问题将会迎刃而解。

为人处世讲究一个度

当人微笑时，世界爱了他。当他大笑时，世界
便怕他了。

——摘自泰戈尔《飞鸟集》第298篇

这则小诗很有趣，它形象地说明了：凡事要讲究适度原则。孔子曾说："过犹不及。"事情做得过头，是不合适的，有时反而不如不做。我们在日常生活中也有这样的体会：工作如果不注意劳逸结合，长期处于疲劳状态，就会没有效率；对领导和朋友如果过于热情，就会有拍马屁、献殷勤和另有所图之嫌；吃饭如果吃得过饱，就会感到撑胀；饮酒如果过量，就会反胃呕吐，甚至酒精中毒等等。

想熬好一锅汤，必须注意掌握火候，慢慢地熬，才能熬出汤的香浓；想煮好一杯咖啡，必须注意火候的不温不火，才能煮出咖啡的浓郁香味；想炒好一盘菜，盐既不能放多也不能放少，必须恰到好处，才能炒出菜的可口。可见，要想事情取得成功，我们必须坚持适度原则。同样，我们在与人相处时，也应讲究一个度。

与人交往时，把握礼仪分寸，根据具体情况、具体情境而行使相应的礼仪。既要彬彬有礼，又不能低三下四；既要热情大方，又不能轻率谄谀；要自尊却不能自负；要坦诚但不能粗鲁；要信人但不能轻信；要活泼但不能轻浮；要谦虚但不能拘谨；要老练持重，但又不能圆滑世故。

我们发现许多成功人士都深谙适度的智慧。

　　李嘉诚说他自己的为人处事之道，可以概括为"德、诚、刚、柔、变、和"六字诀，但他真正高明之处正在于巧妙地把握住几者之间的"度"。刚直本是好事，但过于刚直，棱角分明，锋芒毕露，咄咄逼人却往往为世所不容；随和本是好事，但过于随和，丧失原则，缺乏主见，委曲求全又往往被视为软弱。只有外圆内方，刚柔相济，进能攻，退能守，才能在纷繁复杂的人际关系中周旋有术、游刃有余，成为一个举足轻重、魅力与实力并存的人物。

　　革命导师列宁有一句至理名言："真理多走一步，就会变成谬误。"这是对适度原则的最好诠释。禅宗极为推崇的"花未全开月未圆""话不说满，事不做绝"的人生境界，也是对适度原则的一种形象而诗意的完美表达。

　　下面几项与人交往的适度原则，请认真把握：

　　一、互相尊重，保持适当的距离，真诚相待。人与人之间的关系就像冬天里的两只刺猬，为了取暖，要挨得近点，而身上的刺，又让它们保持一定的距离。

　　二、物质上的往来应一清二楚。与人交往，可能有互相借钱、借物、互赠礼品等物质上的往来，每一项应该记得清楚明白。向人借钱、借物，应主动给对方打张借条，以增进朋友对自己的信任。在物质利益方面，无论是有意或者无意地占他人的便宜，都会引起不快，从而降低自己在对方心目中的人格。

　　三、适当的关心，在他人有困难时应主动问讯，对力所能及的事情应尽力帮忙，但不要无事献殷勤。这样才能增进感情，使关系更加融洽。

　　四、与人交谈时，如果声音很高，动作过大……换句话说，就是"用力过猛"，会令人不舒服。但是如果太沉默太温和，则很容易沉寂而无人知晓或出现冷场。

　　五、恰如其分、点到为止的赞美才是真正的赞美。使用过多的华丽辞藻、过度的恭维、空洞的吹捧，只会使对方感到不舒服，不自在，甚至难受、肉麻、厌恶，其结果是适得其反。赞美之言不能滥用，赞美一旦过头变成吹捧，赞美者不但不会收获交际成功的微笑，反而要吞下被置于尴尬地位的苦果。

理智过了分，伤人伤己

全是理智的心，恰如一柄全是锋刃的刀。叫使用它的人手上流血。

——摘自泰戈尔《飞鸟集》第193篇

泰戈尔的这句诗形象生动地告诉我们：理智过分，会造成伤害。生活中，我们经常看到一些人，理智成分超越情感成分。他们待人接物知书达理，落落大方，自信、睿智、得体。善于通过逻辑分析得出结论，善于辨别各种选择的利弊，善于接受客观、实事求是的道理，善于把握进退、张弛的尺度和机会，做事讲求实效，不感情用事。无论是对事业成功，还是对家庭和睦，这些品质都具有积极意义。

但是在生活中，过分理智会给生活带来一些消极作用，同时还可能伤人伤己。太过理智的人往往缺少朋友，因为这样的人很难让人看到他的真性情，会给人一种过于"冷"的感觉，他不会像感性的人那么随意率性，那么让人觉得有颗柔软可爱的心。

教育心理学家还发现：过分理智的妈妈会碰到一些麻烦，她们往往不能教育好孩子。譬如她们较为关注孩子的智力和身体，而对孩子的情绪表达不够重视，使她们很难成为孩子的亲密朋友。她们会建议孩子如何如何处理问题，而对孩子本身的关注远远不够。她们与孩子沟通时，喜欢对孩子说教，讲道理，却从不在孩子面前表露自己的情感。孩子难以从妈妈身上看到积极的情感反馈，也会带来很大危害，孩子会以为："妈妈不喜欢我"，而这样的"现实"

感觉对孩子是一种很大的伤害。孩子会渐渐认同他所以为的"妈妈的看法"，也会渐渐不喜欢自己，从而埋下自卑的种子。

过分理智的妈妈从不给孩子犯错误的机会，她们通常会提前考虑并指导孩子，给孩子现成的答案，却很少给孩子留下独立思考、克服困难、解决问题的机会，无形中剥夺了孩子成长、锻炼的机会。过分理智的妈妈对于规则过度重视，她们容易用过多的规则，束缚孩子的自由发展。

这样导致她们的孩子责任心、自信心、社会适应能力都会相对较低。在这样环境中长大的孩子，绝大部分人个性谨慎，鲜有冒险精神；同时，也有一部分孩子会出现"逆反"心理。

过分理智的人往往不懂挚爱、缺乏果决、不会奋不顾身，而对于生活，这些一样都不能少。生命中的许多机会，太过理智往往畏首畏尾，难于抉择，而机会正如启动的列车，是不会等待的。

第七章 爱是最美的语言，有爱的心不干涸

AI SHI ZUIMEI DE YUYAN YOU AI DE XIN BU GANHE

让爱充实我们的生命

爱就是充实了的生命，正如盛满了酒的酒杯。

——摘自泰戈尔《飞鸟集》第283篇

是酒充满了酒杯，是爱充实了我们的生命。"爱是生命的火花，没有爱，一切变成黑暗。"罗曼·罗兰如是说。人因为爱来到世上，也为了爱才活着。爱，创造了生命的奇迹，有了爱，生命的意义将更加充实。

人从一出生就被爱所包容，父母之爱、手足之爱以及众多亲朋好友之爱。人们在爱中成长，在爱中学会爱人。在得到爱时，我们就会不自觉地去爱对方，而且我们还会爱那些并不熟识却友善的人们。爱便这样传播着，我们用不同的方式爱着不同的人，表达着不同的感情，用爱充实着彼此的生命。

爱心的传递像是一盏盏路灯，它串起了一个个萍水相逢的人，在漆黑的路上给人以光明，相互照耀温暖着整个人生。

在美国得克萨斯州的一个风雪交加的夜晚，一位名叫克雷斯的年轻人因为汽车"抛锚"被困在郊外。正当他万分焦急的时候，有一位骑马的男子正巧经过这里。见此情景，这位男子二话没说便用马帮助克雷斯把汽车拉到了小镇上。事后，当感激不尽的克雷斯拿出不菲的美钞对他表示酬谢时，这位男子说："这不需要回报，但我要你给我一个承诺，当别人有困难的时候，你也要尽力帮助他人。"于是，在后来的日子里，克雷斯主动帮助了许许多多的人，并且每次都没有忘记转述那句同样的话给所有被他帮助的人。许多年后的一天，克雷斯被突然暴发的洪水困在了一个孤岛上，一位勇敢的少年冒着被洪水吞噬的危险救了他。当他感谢少年的时候，少年竟然也说出了那句克雷斯曾说过无数次的话："这不需要回报，但我要你给我一个承诺……"克雷斯的胸中顿时涌起了一股暖暖的激流："原来，我穿起的这根关于爱的链条，周转了无数的人，最后经过少年还给了我，我一生做的这些好事，全都是为我自己做的！"

人在世上，相识是一种缘分，能够帮助别人是一种快乐。充满爱心的行为，会成为他人效仿的榜样，世界充满了爱，最终也就帮助了我们自己。"爱"这个很普通又很抽象的字眼，却具有无穷的力量。

在一间精神病院的阴暗肮脏的地下室里，关着一个被医生宣告无法医治的精神病人，这个小女孩名叫安妮，不久前成了孤儿。小安妮每天只是畏缩在墙角，对外面的世界充满了恐惧。

但是有一位老护士却认为，上帝所造的每个生命都是有意义的。因此，她常常带着蛋糕和甜点去探访小安妮，向小女孩表达爱与关怀。最初，小安妮惊恐地躲避着她，但老护士的慈爱不间断地温暖着小安妮的心，不久，医生发现小安妮逐渐在改变。

一段时日后，被医生认为病情没有希望好转的小安妮居然康复了！但病愈后的小安妮不想离开医院，她希望留在那里帮助其他病人。

爱心，往往产生着令人意想不到的神奇力量。爱心来自十二分的真诚，没有丝毫虚伪和做作。爱可以让我们把事情做得更好，可以让我们改善生命。有哲人说，"爱是改变社会的良方"，人要生存，离不开爱；社会要完善，更不能没有爱。

有一位有志气的年轻人向一位成功的企业家、社会公益慈善家请教了许多人生道理及成功的方法。他听完后深受教益，感动地对企业家说："等我成功以后，我也要像您这样，成为一个充满爱心、贡献社会的人。"

企业家意味深长地对他说："你为什么不这样想：我现在就成为一个充满爱心、贡献社会的人，然后怀着这种心态去追求成功。如果你这样做的话，你不但更容易成功，而且可以比只具有你那种想法的人取得更大的成功。更重要的是，这样会令你的一生都快乐与幸福。"是的，我们每个人都希望有一个成功的人生，但我们必须首先作出爱的奉献，因为爱，就是它本身的回报。

心怀博爱，人生才精彩

我把小小的礼物留给我所爱的人，——大的礼物却留给所有的人。

——摘自泰戈尔《飞鸟集》第177篇

真正懂得爱的人是博爱的人。这个社会是由无数的个人、无数的家庭、无数的大大小小的圈子组成的，没有人能保证自己这一生只和亲朋好友有所关联，只需要他们，不需要别人。我们都应该拥有一颗博爱之心。

美国波士顿犹太人死难纪念碑文中有这样一段：

"在德国/起初他们追杀共产主义者/我没有说话/因为我不是共产主义者/接着他们追杀犹太人/我没有说话/因为我不是犹太人/后来他们追杀工会成员/我没有说话/因为我不是工会成员/此后/他们追杀天主教徒/我没有说话/因为我是新教教徒/最后/他们奔我而来/却再也没有人站起来为我说话了。"

这段话警示我们每一个人：没有博爱之心，"事不关己，高高挂起"，会让社会变得冷漠自私，会让邪恶势力大行其道。博爱的热心人是能坚守正义善良的人，给人温暖的人，是这个社会最需要的人。

德高莫高于博爱的人。博爱是广厦千万间，庇天下寒士俱欢颜之爱，是容纳大千世界之爱。心怀博爱的人不为浮名所累，不对利益欲求。即使出身平凡，生活平淡，却每天喜悦挂在脸上，洋溢幸福。只有心怀博爱，人生才会精彩。

博爱是神圣的、无私的。它不只是一种情操和感情，更是一种智慧。有人说："爱为至宝，一生用之不尽；心作良田，百世耕之有余。" 有个关于鞋的故事很有名。

有一次，在火车将要启动的时候，一个人急匆匆踏上车门，可他的脚被车门夹了一下，鞋子掉了下去。火车开动了，这个人毫不犹豫地脱下另一只脚上的鞋子朝第一只鞋子掉下去的地方扔了过去。

有人奇怪地问他为什么这样做？他说："如果一个穷人正好从铁路旁边经过，他就可以捡到一双鞋，这或许对他很有用。"这个人叫甘地，在印度，他被人尊称为"圣雄"。

博爱者品格崇高，令人景仰钦佩。博爱真正震撼人心的力量在于，它与时间同步，不会因岁月的流逝而磨灭掉自身的光辉，反而因时间的考验而为自己增添了重量。

下面故事说的是在一个小岛上住着富裕、虚荣、快乐和博爱。有一天，小岛快要沉没了，于是大家都准备船只，离开小岛。只有博爱留了下来，她想要坚持到最后一刻。几天过后，小岛不幸真的要沉，博爱恳求其他三人帮忙。富裕乘着一艘大船驶过，但他说船上有许多金银财宝，腾不出多余的位置。博爱又看向虚荣的那艘华丽小船，希望能载她走。可是虚荣嫌弃博爱湿淋淋的身子，生怕弄脏漂亮的船，也无情地拒绝了。快乐划着轻舟经过博爱的身边，不过他太过兴奋了，竟然没听见有人在求救。突然，有一位长者的声音传来："博爱，过来！我带你走！"博爱感激不尽，并问是谁在帮她。长者说是时间吩咐他来的。

不错，只有时间才能理解博爱，也只有时间才能检验博爱。

在中国古代，就有关于博爱的体现。儒家"仁爱"的思想，墨家"兼爱"的主张，它们都蕴蓄了博爱精神的体现。孟子的学说提倡"老吾老，以及人之老；幼吾幼，以及人之幼"，更是博爱实质的典型代表。尊敬我们的父母，从而推广到尊敬别人的父母，爱护我们的儿女，从而推广到爱护别人的儿女。那是爱的接力、爱的传递、爱的升华，最终会凝结成一股波澜壮阔的澎湃势力。

在生活中，如果我们拥有博爱之心：待人温和有礼，对别人的困难勇于伸出援助之手；对别人的过错能够体谅宽容；对地球上的其他生命都能够爱护有加。这样，我们就会拥有一个和谐友善的家园——一个真正美好的地球。

情感使我们变得富有

生命因为付出了爱而更为富足。

——摘自泰戈尔《飞鸟集》第223篇

　　何止爱情，情感让我们变得富有。确实，当我们能拥有一颗温柔善感的心，即使生活再艰苦，也能处处感到生活的美好，感觉到幸福。富有不是用金钱来衡量的。真正有财富的人，是心灵世界的蕴藏，是一份小偷偷不走、强盗抢不走的宝藏。

　　富有感情的人能更深地感受到大自然的神奇和美妙。在他生存的土地上，不管是神奇辽阔的草原、挺拔峻峭的高山，还是幽静神秘的峡谷、惊涛拍岸的河海，无不开阔着他的胸襟，启迪着他的思考，给他带来美的享受和精神的升华。一年四季，春夏秋冬都能让他感受到不一样的精彩、不一样的乐趣。

　　富有感情的人总是能在生活的细节中体会到许多美好，他所拥有的东西总能被他的眼睛和心灵镀上诗意的色彩。

　　两个孩子聊起了自己的家庭，一个孩子的父亲是赫赫有名的大商人，而另一个孩子的父亲只是一个泥瓦匠。商人的儿子说："我家前面有个小院子，家里养了一条宠物狗，花坛的中央有个喷泉池，花园里装饰有几盏灯，家里的成员是爸爸妈妈和我。"泥瓦匠的儿子听后，兴高采烈地说："你们家前面是一个小院子，而我们家的院子却有整个农场那么大；我们家有四条可爱的土狗，它们可以看家，还可以牧羊，我还见过它们捉耗子。你们家有个喷水池，我们家门前是一条水流清澈的小河，我和小伙伴们可以在小河里玩水、捉鱼，夏天时小河里还会开一些粉色白色的莲花，我们还有莲蓬采着吃；你们家有几盏灯，而站在我家门前，可以看见满天的星星。我家除了爸妈和我，还有三个姐姐和一个弟弟，我们家人晚上相聚时，总是有欢声笑语。"

商人的儿子听后，惊呼道："跟你们家相比，我们家是多么的贫穷！"

其实，我们明白：瓦匠的儿子能感受到生活的许多美好，所以他觉得自己家拥有的很多，很富有。因而，富有也是因为感受到美好，珍惜美好。

一个精神富有的人即使在物质上不名一文，或者遭到命运的残酷打击，他也仍然心存感恩。懂得感恩，他感到满足，他的人生是充足而快乐的。

在一座山谷里住着一位非常有钱的农场主，名叫卡尔。一天，正当卡尔骑着马在农场上巡视时，他看到了汉斯，当地的一位老农夫，非常贫穷。卡尔骑马走过时，汉斯正在一棵树下坐着。卡尔问他："你在干啥呢？"

汉斯说："我正在感谢上天给我的食物。"

卡尔不屑一顾地说："如果我只能吃那么差的东西，我不会感谢它。"

汉斯回答："上天给了我需要的一切，我当然应该感谢。"老农夫又想起了什么，接着说："对了，今天遇到你真是太巧了，因为昨天夜里我做了一个梦。在梦里有个声音告诉我，山谷里最富有的人是我不是你卡尔。并且，我离开这个世界的那天，会被天使迎接去天堂。我真是太高兴了。可是我还舍不得离开这个世界，在这个世界，上帝确实赐予了我们许多美好可爱的东西。"

老农汉斯即使吃着很差的食物，也比卡尔领略到更多的美好，因为他对这个世界心怀感恩，他确实比汉斯富有。

世界科学巨匠霍金高位瘫痪，已在轮椅上生活了三十多年，可是他说："我的手还能活动，我的大脑还能思维，我有终生追求的理想，我有爱我和我爱的亲人朋友……"在常人眼里，命运之神对霍金可谓是苛刻的：他口不能说，腿不能站，身不能动……可他仍感到自己很富有：一根能活动的手指，一个能思维的大脑……这些都让他很满足，让他对生活充满感恩之心，并且在自己的科研领域不断进取、不断钻研。

情感是内心的泉源，它源源不断地滋润着心田，使其免于干涸，它让生命洋溢朝气，遍洒阳光。内心储满情感的人时时用饱含深情的眼睛来看这个世间，树上小鸟的轻唱，太阳的温暖，花朵的芬芳，都会让他心旷神怡。

生命的价值在于给予

生命因了"世界"的要求，得到他的资产，因了爱的要求，得到他的价值。

——摘自泰戈尔《飞鸟集》第33篇

　　列夫·托尔斯泰曾经说过："生命的价值并不是用时间，而是用深度去衡量的。奉献，应当贯穿我们生命的始终。"张海迪也曾说："人生的意义在于奉献而不在于索取。"这些格言都告诉我们——生命的意义在于给予。生命在茫茫的宇宙时间里只是短短的一瞬，然而，要让这一瞬释放出耀眼的光芒，必须用一生来给予，甚至是用宝贵的生命来奉献。

　　一个乞丐很早就上路了。当他把米袋从右手换到左手，正要吹一下手上的灰尘时，一颗大而晶莹的露珠掉到了他的掌心。乞丐看了一会儿，把手掌递到唇边，对露珠说："你知道我将干什么呢？""你将把我吞下去。""看来你比我更可怜，生命全操纵在别人的手里。""你错了，我不懂什么叫可怜。我曾滋润过一朵很大的丁香花蕾，并让它美丽地开放。现在，我又将滋润另一个生命，这是我最大的快乐和幸运，我此生无悔了。"

　　一颗小露珠也因为给予而感觉到了自己的价值。何况是我们呢？"只要人人都献出一点爱，世界将变成美好的人间。"一曲《爱的奉献》之所以能久唱不衰，是因为它唱出了大家共同的心声。给予与索取是矛盾的，一心索取的人，贪欲永远得不到满足，再者，没有别人的给予，自己又能索取什么呢？

　　巴西的甘蔗田里，生存着两种蚂蚁，一种是体型比较小的黑蚂蚁，另一种则是体形剽悍、生性凶残的行军蚁。黑蚂蚁生性温和，以植物和腐食为生，而行军蚁则是任何可以吃的东西都不放过，在饿极了没有食物时，它们甚至会吃掉身边的同伴。行军蚁最喜欢的美餐是黑蚂蚁，所以，一旦它们与黑蚂蚁相遇，就意味着黑蚂蚁在劫难逃。按照这个弱肉强食的逻辑，与强敌生活在一片土地上的黑蚂蚁，其结局必然是被不断吃掉，数量会越来越少。但事实却恰恰相反，近几年来，甘蔗田里的黑蚂蚁依然生活得很好，倒是那些行军蚁，数量在逐年下降。

为什么会这样，带着这个问题，生物学家对两种蚂蚁进行了长时间观察，结果他们有了惊人的发现。在每天傍晚的时候，浩浩荡荡的黑蚁大军都会准时返回到巢穴里，而每次，都有二十多只蚂蚁没能进入洞穴。生物学家开始认为它们是掉队的蚂蚁。但是接下来的一个场景却令他们动容。一天傍晚，像往常一样，黑蚁大军急匆匆地钻进巢穴，排在队伍最后面的黑蚁却没有进去。其实，它们本来是有机会进去的，但它们却守在洞口，看着已经进入巢穴的同伴从里面忙碌地封闭着洞口，然后，它们开始到附近搬来沙粒，刻意地隐蔽着洞口外部，它们大约忙碌了十多分钟的时间，直到洞口和周围的环境完全融为一体，才停下来。就在这时，上千只游猎的行军蚁突然出现了。它们朝眼前的二十几只黑蚁猛扑过去，一会儿的工夫，黑蚁便被全部吃光了。意犹未尽的行军蚁又四处寻找猎物，但却始终没有发现黑蚁的巢穴入口，最后，它们开始上演同类相残的惨剧，大约有三分之一的行军蚁被吃掉了。

黑蚂蚁是非常弱小的，失去巢穴的保护，即使没有外敌来攻击，它们也会在外部恶劣的环境中消耗尽体内的糖和水分而死去。然而，让生物学家震惊不已的是，这种小小的蚂蚁竟然有为了集体而不惜牺牲自己的奉献精神。

正是黑蚂蚁这种舍己为人的举动，让庇护同胞的巢穴永远不会被天敌发现，这也使黑蚂蚁们能在行军蚁出没的地带一直生存繁衍下来，并且数量越来越多。而那些行军蚁虽然强大，但相残同类的习性使它们越来越少，趋于灭绝的边缘。如果人人都能像黑蚂蚁那样，勇于去为集体的利益而奉献给予，换来的就会是这个集体的繁荣与强大；如果人人都像行军蚁，为了个人利益而相互争斗，那么这个集体灭亡之期就不会遥远了。"皮之不存，毛将焉附？"集体垮掉了，其中的个体也不会存在了。

给予是快乐的源泉

瀑布歌道："虽然渴者只要少许的水便够了，我却很快活地给与了我全部的水。"

——摘自泰戈尔《飞鸟集》第69篇

这首小诗中的瀑布告诉我们：给予是快乐的源泉。确实，"予人玫瑰，手留余香。"给予别人，自己也会收获快乐。

有个教授和一个学生一起散步。他们在小道上看到一双鞋，估计是在附近干活的人的。教授对学生说："你在每只鞋里放上一枚硬币，然后躲起来观察他的反应。"学生照做了，随后他们躲进了旁边的树丛。

那个人干完了活儿，回到这里，一边穿衣服，一边把脚伸进鞋里。突然感到鞋里有个硬东西，弯下腰去摸，竟然发现一枚硬币。他的脸上充满着惊讶和欣喜。他继续去穿另一只鞋，又发现了另一枚硬币。他激动地仰望着蓝天，大声表达自己的感激之情，他的话语中谈及了生病和无助的妻子、没有东西吃的孩子……学生被深深地感动了，眼中充满了泪花。这时教授说："你有什么感想呢？"年轻人说："我感觉到了以前从不曾懂得的一句话——给予是快乐的源泉！"

给予别人的人总会收获到意想不到的快乐，会感到自己善行的意义和价值。每个人都有遇到困难需要帮助的时候，当看到别人处于困境时，我们主动地伸出援助之手，看到别人开心，我们也会感到开心。生活就是这样，我们的人生会因为给予而快乐、升华。

巴勒斯坦有两个海，一个是淡水，里面有鱼。绿色装饰着河岸，树木的枝叶覆盖着河面，树木的根部吸着甘美的淡水。从山上流下来的约旦河带着飞溅的浪花，成就了这个海。它在阳光下歌唱，人们在周围盖房子、鸟类筑巢，每种生物都因它而更幸福。同时，约旦河向南流入另一个海，这里没有鱼的欢跃，没有树叶，没有鸟类的歌唱，也没有儿童的欢笑。除非事情紧急，旅行者总是选择别的路径。水面空气凝重，没有哪种生物愿意在此饮水。

这两个海彼此相邻，何以又如此不同？不是因为约旦河，它将同样的淡水注入。不是因为土壤，也不是因为周边的国家。区别在于：伽里里海接受约旦河，但决不把持不放。每流入一滴水，就有另一滴水流出。接受与给予同在。另一个海则精明厉害，它吝惜地收藏每一笔收入，决不向慷慨的冲动让步。每一滴水它都只进不出。

伽里里海乐善好施，生气勃勃。另外那个则从不付出——它就是死海。

吝啬的人与给予的人相比，他的生活将像死海，死气沉沉，远离幸福。

给予能使我们的人生更有意义，给别人以帮助，自己不但不会有损失，反而会有收获，会让自己手中的东西发挥更大的价值。并且通常一个人给别人的帮助和鼓励越多，从别人那儿得到的收获也就越多。给别人一颗善心，就能将对方感染，回赠回来便是两颗爱心的跳动，从而获得一种精神上的愉悦和满足。

少一些索取，多一些奉献

我们的生命是天赋的，我们惟有献出生命，才能得到生命。

——摘自泰戈尔《飞鸟集》第56篇

泰戈尔的小诗意在告诉我们：在艰难困苦的生存环境中，尤其需要奉献精神。有了奉献，就连沙漠里的生命都能开出艳丽的花朵。

澳大利亚西南部有一片在地图上找不到的沙漠，这里雨水稀少，干旱异常，夏季的最高温度可达50摄氏度。因为没有高大树木的阻拦，狂风终日从这片沙漠上空咆哮而过，好像要把地平线扯断。沙漠里没有溪水，听不到野兽的吼叫，甚至连虫的呢喃都很稀少，风是这里唯一的声音。任何人都会以为这是一片死亡之域，但事实却恰好相反。

1973年，澳大利亚一位叫夫兰纳里的植物学家骑摩托车旅行经过这里时发现，在这片沙漠中竟有大约3600多种植物繁荣共生，如果按单位面积计算，物种多样性要远远超过南美洲的热带雨林。春天到来时，各种灌木的枝头顶着颜色各异的艳丽花朵，在烈日与金沙的呼应下，美得令人惊心动魄。因此，夫兰纳里称这里为沙漠花园。

是什么原因，把最恶劣的环境变成了最美丽的花园呢？夫兰纳里发现，生长在这里的植物对自己非常苛刻，对水和养料的需求少得可怜，几乎是别处植物的十分之一。同时，这里所有植物的叶子都不是绿色的，而是带着各种鲜艳的颜色。它们的花朵也都美轮美奂，花冠硕大艳丽，几乎各种颜色的花在这里都能找到，而更奇特的是，这些花朵都能分泌超乎想象的大量花蜜。

夫兰纳里对这些植物进行了30年深入研究才发现其中的奥秘：这里的土壤成分主要是没有养分的石英，只有对水分和营养需求极少的植物才能生存。昆虫和鸟类在这里非常稀少，几乎没有潜在的授粉者，植物的生存繁衍主要靠传播花粉。在这种条件下，植物必须开出最大最艳丽的花朵，分泌最多的花蜜，才能吸引潜在的授粉者的注意。

索取得最少，花朵开得最大最美，花蜜产生得最多，这就是环境最恶劣的沙漠能变成花园的秘密。

花是如此，人又何尝不是呢？如果我们能少一些索取，多一些贡献，那么即使在最贫瘠的环境中，生命也会如沙漠之花般绚烂绽放。

有这样一个美丽的故事：琳达是个杰出的教师，在她28岁那年，她开始有严重的头痛现象。她的医生发现，这都是因为她头部内巨大的脑瘤在作怪。他们告诉她，手术后存活的机会只有2％。所以，他们没有立刻帮她开刀，而是6个月后再说。

她知道自己相当有艺术天赋，所以在这6个月中她狂热地画、狂热地写。她所有的诗篇都在杂志上刊出来。她的画作也都被放在一流的艺廊中展售，除了最后一幅以外。

在6个月结束时，她动了手术。琳达的手术夺走了她的生命。不过在手术前一夜，她决定了捐献自己的遗体。结果，她的眼睛被送到马里兰州贝瑟丝达的眼角膜银行给南加州的一个领受者。一个年轻人，28岁，因此从黑暗中见到了光明。这个年轻人深深地感恩，写信给眼角膜银行致谢。虽然已经捐出了3万个眼角膜，这是这个眼角膜银行所接到的第二份感谢。进一步地，他说他要感谢捐献者的父母，同意自己的孩子捐出眼睛，他们也定是好人。有人把琳达家的住址告诉他，他于是决定飞到史代登岛去看他们。他来时并没有预先告知，按了门铃，自我介绍以后，琳达的母亲过来拥抱他。她说："年轻人，如果你没什么地方要去，我丈夫和我会很高兴与你共度周末。"

他留了下来，当他环视琳达的房间时，他看见她读过了柏拉图，他曾用盲人点字法读过柏拉图；她读了黑格尔，他也用盲人点字法读过黑格尔。

第二天早上，琳达的母亲看着他说："你知道吗？我很确定我曾在哪儿看过你，但不知道是在哪里。"忽然间她记起来了。她跑上楼，拿出琳达最后画的那幅画，它是她的理想男人画像。

画中人和接受琳达眼角膜的男人十分相似。

令我们惊奇的是，因为一次奉献，达琳让自己的亲人看到了这个世间不可思议的巧合。因为奉献，生命与生命之间便有了如此奇妙的关联。更令人欣慰的是，达琳的奉献，使得另一个生命看到了光明，她的生命在这个生命身上得到了一定程度的延续，可以说，两个生命都获得了新生。

苏联英雄奥斯特洛夫斯基说："人生最美好的就是在他停止生命以后，还能以他创造的一切为人民服务。"的确，在一个人死后，还能以他创造的一切为人民服务，这是生命的延长，也是一种新生。生命仅仅是一个转瞬即逝的过程，短暂得如同苍穹划过的一颗流星。关键在于，当我们活着的时候，赋予我们的生命怎样的意义。人只有对社会有所奉献，一生奋斗不息，才能自豪地感受到自我存在的价值。历史要发展，需要大部分的人类生命做出贡献。人生的价值也在于给这世界留下有意义的东西。

从古至今，人类涌现出了数目众多的伟大思想家、科学家、文学家、艺术家、政治家等等，这些人在实现自身人生价值的同时，都不同程度地在某一个领域为人类留下了宝贵的精神或物质财富，推动了人类社会的发展。他们虽然没有长生于人类，可是因为杰出贡献，他们的英名长留世间，他们创造的财富至今还在为人们所拥有、使用。他们的生命价值因为巨大的奉献而得以延续、增值，可以说，他们的生命因为奉献而拥有了意义，获得了新生。

奉献彰显伟大

莲花将它的美献给了天堂，青草将它的侍奉献给了大地。

——摘自泰戈尔《流萤集》第209篇

天堂和大地之所以如此美丽，自然少不了莲花和青草的奉献。千百年来，不管时代风云如何变化，奉献都是仁人志士始终不渝的精神追求。他们从奉献中寻找人生最大的快乐，从奉献中实现人生最高价值。奉献是一种精神境界，是一种道德观念。无私的奉献者总是感动激励着人们，他们的生命在历史的长河中熠熠生辉。

奉献者总是"捧着一颗心来，不带半棵草去"，他们丝毫不计较自己的物质所得，对于他们而言，存活生命，一箪食，一钵水，一方地，足矣。而他们要用自己博大的胸怀，无私地奉献，去活出生命的价值和境界。

方志敏说："为着阶级和民族的解放，为着党的事业的成功，我毫不稀罕那华丽的大厦，却宁愿住在卑陋潮湿的茅棚……一切难于忍受的生活，我都能忍受下去！这些都没有能丝毫动摇我的决心，相反地，是更加磨炼我的意志！"

1934年11月初，方志敏奉命率红军先遣队北上抗日。至皖南遭国民党军重兵围追堵截，艰苦奋战两月余，被7倍于己的敌军围困。

两个国民党兵无意中在柴窝中发现了他，并猜到了他正是那位共产党的省主席。而他们从方志敏身上只搜到一块怀表和一支钢笔，此外分文没有。国民党兵气得挥动手榴弹狂叫："你们当大官的会没有钱？"结果，这两个家伙直到搜累了也别无所获。

几十年来，方志敏这个光辉的名字为一代代人所敬仰，他的一生，坚持清正廉洁、无私奉献的道德操守，他的生命短暂而伟大。"时代先锋""草鞋书记"杨善洲也是这样一个无私奉献的典型，他虽然已经离世，但他仍然活在许多人的心中。

杨善洲曾担任保山地委领导。他两袖清风，清廉履职，忘我工作，一心为民。1988年退休后，他主动放弃进省城安享晚年的机会，扎根大亮山，义务植树造林，一干就是22个春秋，带领大家植树造林5.6万亩，林场林木覆盖率达97%以上。

杨善洲把昔日的荒山秃岭变成了今朝生机勃勃的绿色天地，使当地恶劣的自然环境得到明显改善。不仅如此，他还带领群众修建了18公里的林区公路，架设了4公里有余的输电线路，使深居大亮山的村寨农户，通电通路。

2010年5月5日，杨善洲同志把保山市委、市政府为他颁发的20万元特别贡献奖中的10万元捐赠给保山第一中学，另外10万元捐赠给大亮山林场。他去世前，还将价值3亿元的林场无偿上缴给国家。

他常常替困难群众买粮食、购种子、送衣被，他植树造林5万多亩，活立木蓄积量价值达3亿多元，但是，从没吃过一顿免费的饭，从没让子女搭过一次公车，从没用公权为亲属办过一件私事，从没给亲友批过一张违背原则的条子。

"我上山来是种树的，要那么多钱干什么？……白天造林、晚上烤火，也是一种很好的生活方式嘛！"杨善洲乐在其中。他担任县、地领导时，常年住在十多平方米的小屋里，一张木桌，一张板床，一副草席；他在大亮山创办林场时，全部家当是一张床、一张学生用的书桌、一把熏满火烟的烧水壶，一双黄胶鞋。

"杨善洲，杨善洲，老牛拉车不回头，当官一场手空空，退休又钻山沟沟；二十多年绿荒山，拼了老命建林场，创造资产几个亿，分文不取乐悠悠……"这首流传于滇西保山市施甸县的民谣，唱出了人们对无私奉献者杨善洲的敬重。我们享有的一切人类文明都离不开默默的无私奉献者，我们在想念一切无私奉献者的伟大时，还应立志做个有益于社会的人。

关爱比打击更有力量

不是槌的打击，乃是水的载歌载舞，使鹅卵石臻于完美。

——摘自泰戈尔《飞鸟集》第126篇

泰戈尔的这首小诗形象地告诉我们：关爱令人欢乐，它比打击更有力量。关爱犹如灿烂充满朝气的太阳，给一切生命以温暖、力量和希望。

在新西兰的野生动物保护中心，有一只从非洲来的小非洲狮，由于吃了一只鸡，鸡骨头把嗓子卡坏了，肿得吃不下东西。兽医托蒂给它打了很多抗生素，病却毫无起色。眼看着小狮子不吃不喝奄奄一息，他非常焦急。尽管请了全国有名的兽医，还在网上发布了救小狮子的帖子，但大家提出的建议，对小狮子的治疗都没有效果。

最后，一个12岁的小姑娘建议说，每天用手去摸摸小狮子的头，这样它也许会好得快些。她还举例说，她曾经收养过一只小流浪狗，刚开始也是什么东西也不吃，快要死了，但她每天都用手去摸它的额头，就像自己生病时，妈妈摸她的额头那样，最后小流浪狗的病好了。

许多医生都觉得小姑娘的建议太过荒唐，只有兽医托蒂像发现了新大陆一样惊喜。在兽医托蒂温情的抚摸下，小非洲狮竟然奇迹般地一天天好起来了。

这个故事告诉了我们一个道理：比吃药还有效果的治疗就是关爱。世界上无论是人还是动物，都需要关爱。所有的惊人举动，都有爱的力量，都是爱创造出的，没有爱，就没有一切，关爱总是创造出生命的奇迹。

一个少年在企图行窃时，被躺在床上的一位女孩发现了。女孩并没有报警，而是装作不知道他是小偷，热情地邀请他与自己聊天，他们聊得很开心。少年临走前，女孩用自己的小提琴为他拉了一首曲子，然后又把琴送给了少年。后来，少年再去找女孩时，女孩因患骨癌已离开人世，少年从此变了样，他在贫困和苦难中重拾自尊。心中燃起了走出逆境的熊熊烈焰。最终，昔日的少年成材了，在世界一流的悉尼大剧院，他深情地拉起了悠扬的曲调——献给那位女孩。

小女孩善待少年，是为了体面地维护他的尊严。她也许永远不会意识到，她的宽容、爱心和善良，曾经怎样震慑一个迷途少年的心，让他重新树立了信念，扬起生活的风帆。

一次友善的交谈，一首优美的曲子，一份真诚的关爱，就这样改变了一个人的一生。也许我们只付出一点点微不足道的爱，就可以改变一个人的一生。星星之火，可以燎原，星星之火，也可以照亮整个生命。

在人与人的相处中，在教育中，关爱总是比否定比打击更有力量。

在一所小学里，课堂上老师提问的时候，一名同学总是举手，可老师叫他起来时他却答不上来，引得下面的同学窃笑不已。

老师找到他问为什么要这样，他说如果老师提问时他不举手，同学会在课后叫他傻瓜。于是，这个老师就和他有了这样一个约定。当他真的会时就高高地举起左手，不会时就举起右手。渐渐地，这名同学越来越多地举起他骄傲的左手，越来越多，越来越好地回答出老师的课堂提问。这个原本极有可能在太多的嘲笑中沉沦的孩子也由一个"笨"学生转变成了一个优秀学生。

的确，像这样明明不会还要举手是一种不诚实的行为，遇到这样的情况，如果老师对他进行批评教育，这样做无疑会使学生的自尊心受到极大的伤害，而且在别的同学面前抬不起头来，这对学生的发展是极为不利的。哪个学生不渴望被重视，被关爱？是这个内心充满爱的老师，维护了这个学生的尊严，使他找到了足够的自信，找到了一种向上的力量。

著名教育家巴特尔说过："爱是滴滴甘露，即使枯萎的心灵也能苏醒；爱是融融春风，即使冰冻了的感情也能消融。"是爱，给予了生命创造奇迹的力量。

不知感恩的心会干枯

干的河床，并不感谢他的过去。
——摘自泰戈尔《飞鸟集》第34篇

这则小诗说：小河只看到自己干枯的河床，抱怨现状，而从未感谢河水丰盈的过去。心理学家指出，在人际交往中，情感是双向流动的，爱的能量是不断流动着的美好感情的汇聚。不懂得感恩的人的情感通道被抱怨堵塞，心灵处于封闭的状态，生命的能量在抱怨中一点一点地消耗枯竭。这样的人以自我为中心画地为牢，他的生命会停止成长，甚至过早地凋谢，他的生命长河也会因裹挟太多的泥沙而无法流动。

不懂得感恩的生命会枯竭。一个不懂得感恩的人，无论自己被命运赐予了什么，他总觉得自己所拥有的稀松平常；无论别人为他做了什么事，在他的眼里都是应该的，别人对他好，他觉得是应该的、平常的，因此不会快乐；别人对他不好，他更会不满足，甚至愤怒，认为全世界对自己都不公平。

不懂得感恩的人对天气、对环境、对人都不满意，在这个世界上，好像没有一个人、一件事是他需要感激的，总是处在怨恨的情绪之中。这样的人觉得自己总是不走运。

一位大学教授外出办事，由于时间紧迫，他叫了一辆出租车。为了了解社会，他就和司机聊了起来："最近生意好吗？""糟透了！"司机说，"油价疯涨，政府光说补贴就是不见动静，这生意真是没法做了！哪像你们整天那么悠闲，钱还不少拿！"教授只好换个话题："噢，你的车坐着挺舒服的。"司机却立刻打断了他："舒服？让你一天坐12个小时试试？"

教授的心情也很受影响，他不愿再和这位司机说话了。

办完事，在回程路上，他本不想打车，无奈时间紧张，只好招手又叫来一辆"的士"。这次是个女司机，一脸灿烂的笑容，用轻松愉快的声音问："您好，请问您去哪儿？"教授也被她的微笑感染了，不由问道："看来你今天心情不错？"女司机笑着说："我天天都是这样。快乐也是一天，烦恼也是一天，为什么不快乐呢？"教授又问："听说最近出租车行业不景气，油价也涨了。对你们收入有影响吧？""影响当然有一点，"女司机说，"可要看怎么说了，比起那些下岗、失业的人，我们尽管辛苦点，日子过得还不错，我也知足了。"

"你天天这么辛苦，怎么还挺开心呢？"教授对这个女司机的好心态发生了兴趣，他进一步追问道。她说："其实也没那么辛苦，当成顾客付钱、自己出来兜风，感觉不就好多了？我就是这么想的，所以总是感谢顾客给我的机会，尽心尽力服务好。现在，我每月至少三分之一的顾客都是回头客。"快到目的地时，女司机的手机响了，听得出来，是位老顾客要去机场。

同样都是出租车司机，一个抱怨，一个感恩，却是两种心境两重天。感恩之心是一颗美好的种子，假如我们懂得收藏，并适时播种，那么我们就能给他人带来爱和希望，也会给自己带来收获！

心存感激的人脸上总是写着快乐，人们更乐于帮助他。生活也会回赠他更多的惊喜和收获。

一个懂得感恩的人，经常可以体会到生活的馈赠：一粥一饭当思来之不易，也许饭菜不可口，也许父母不出众，但他们都会感谢这是生活独特的赐予。下雪了，他们会感谢上苍赐予的晶莹世界；下雨了，他们会感谢上苍赐予的清新滋润；出太阳了，他们会感谢阳光普照……这样的人，生活是多么快乐啊，只要他活着，他就一定可以感受到生活中的真善美。

佛经说："心生，则种种法生；心灭，则种种法灭。"世间万法都是由心念所产生的，如果我们能感恩、知足，生活就会满足。这样便能天天都活在快乐的世界中。

呱呱坠地，我们很应该感恩，感恩父母亲将我带来这个人世间，让我们有机会领略人世的一切精彩。早上起床，伸伸懒腰，张开眼睛，看看从窗外透过的光线，我们是不是应该感恩上苍又赐予我新的一天？感恩我们又能在这个纷繁的世界上体验它的美好与残酷，又能见到我们的亲人和朋友，又能干我们喜欢的工作。我们的学习取得成绩，我们是不是应该感恩？感恩有家人的支持，有同学的帮助，有老师的教导，还有他们对我们的宽容和耐心。回到温馨的家，我们是不是应该感恩？感恩于家里的成员为我们付出的一切，感恩于他们对我们的纵容和体贴，感恩于他们无私的奉献。当我们遇到困难而得到朋友们的帮助时，我们是不是应该感恩？感恩于朋友们浓浓的友情，感恩于他们毫不计较的帮助。

英国作家萨克雷说："生活就是一面镜子，你笑，它也笑；你哭，它也哭。"感恩不纯粹是一种心理安慰，也不是对现实的逃避，更不是阿Q的精神胜利法。感恩是一种处世哲学，是生活中的大智慧。感恩，是一种歌唱生活的方式，它给生活带来更多的爱与希望。

爱不是占有

采着花瓣时，得不到花的美丽。

——摘自泰戈尔《飞鸟集》第153篇

一位老师对学生们讲解"爱"这个词义，一个学生问："老师，我看见一朵花，它实在太美了，我忍不住把它采在手上，因为我喜爱它。"他接着问："老师，这是不是说明：爱，意味着占有呢？"

老师觉得这个学生的问题提得很好，于是，他给学生讲起了自己的一件往事："小时候，我和弟弟都喜爱鸽子。一天，我们各自得到了一只鸽子。看着手中可爱的鸽子，我担心自己的双手因不小心用力而伤着了它，于是把鸽子给放了。看着鸽子在蓝天白云间自由自在地飞翔，我的心有一种特别轻松的感觉。而弟弟不听我的劝告，执意要把鸽子关进了笼子里，因喂养方法不当，没几天那只鸽子就死了。从这以后，弟弟每每看到鸽子，就会想起那只被自己喂死了的鸽子，心里不由升起一股悲伤。而每当我看到有鸽子在天空飞过，就好像看到了那只我放飞的小白鸽，心里有一种说不出的兴奋和快乐。我和弟弟都爱鸽子，因爱的方式不同，产生了两种不同的结果。真正的爱不是占有，而是传播，就像蜜蜂传播花粉，在爱的传播中，让更多的人享受到爱的芬芳和甜蜜。"

如果我们爱一朵花，那就把自己的心开成一朵花，去绽放花的美丽和芳香；如果我们爱一只白鸽，那就把自己的心化作一只白鸽，去享受飞翔的自由和快乐。爱的定义，并不意味着占有，那样，只会制造爱的伤害和牢笼，爱是让自己也是让自己的所爱因爱而美丽，因爱而自由、快乐和幸福！这就如一首小诗所写：

如果真爱一朵花，

你我就不应该据为己有，私藏袖口，

而是让它在枝头自由自在地生长摇曳。

许多人爱慕花的美丽而将它折下，可没有多久就枯萎了。所以智慧的爱不是占有，也不会带来伤害。喜爱的东西不一定非要拿在手中才是完美。

爱一个人也是如此。许多人不明白这一点，不懂得怎样去爱，不明白对方真正需要的是什么，甚至会自私地占有对方一切的时间和空间，希望爱的人按照自己的意志和设想行事。而每当被爱的人为此苦不堪言的时候，他们还觉得自己很委屈，一句"因为我爱你呀"就成了所有伤害的理由。可是这样的人从没有意识到他的爱变成了占有，给他爱的人带来了伤害。他从没有想过，爱需要自由。

真正去爱，应该多想想：什么才是对方所需要的？怎样做才有利于他/她的成长？怎样才能让我们所爱的人有一个美好的未来？千万不要等到失去了才后悔莫及。

在爱的世界里，爱心是阳光，信任是水，自由是空气，智慧是养分，缺少了任何一种，爱便无法长久，只有在这些都充足的条件下，爱才能够健康地成长、成熟，并开出绚烂的花！

过分的爱会变成伤害

浓雾仿佛是大地的愿望。它藏起了太阳，而太阳乃是她所呼求的。

——摘自泰戈尔《飞鸟集》第93篇

大地是不能没有太阳的，然而，它却用太强烈的爱的愿望——浓雾，藏起了太阳，遮蔽了太阳温暖的光辉。这正如：捧一把沙在手心里，不能捧得太紧，因为捧太紧了，沙会从指缝里流掉。爱也是如此，爱也要懂得适度，过分的爱会变成一种伤害。

在风景秀丽的郊外，有一个美丽的湖。湖中有一个小岛，住着一个老渔翁和他的妻子。

有一年秋天，从遥远的北方飞来许多的白天鹅，正准备飞往南方过冬，途经小岛，暂时停留在小岛上，渔翁觉得他们在这生活了这么久，这群天鹅是第一批远方来客，于是非常大方地拿了自己打的鱼款待这些天鹅。他的妻子显得非常兴奋，也拿出一些食物送给天鹅。

渐渐的，这些天鹅与渔翁夫妇成了好朋友。渔翁的妻子专门为它们搭了帐篷在岛上，希望能让天鹅在岛上安家乐业。天鹅们似乎也非常领情，不再打算离开，每天在岛上大摇大摆的走来走去，老渔翁捕鱼时还随船嬉戏。

冬天到了，天鹅们感到寒冷，不再像以前那么频繁地出动，大家一起挤在渔翁妻子搭建的帐篷里。白天，它们偶尔出去觅食，晚上就靠渔翁送的小鱼充饥。当湖面开始冰冻，它们无法觅食并且已经很难忍受寒冷时，渔翁夫妇就让它们进入他们自己的屋子取暖，并送给它们食物。这种无比特殊的关爱，一直到春天来临，阳光暖暖的照着湖面，湖水开始流动为止。

天鹅又开始在湖面上自在飞翔，有时飞回岛上后，直接进入渔翁夫妇的屋子，完全被他们的溺爱纵容，日复一日年复一年，天鹅们几乎不愿再去觅食，而只顾着嬉戏，但是老渔翁仍然无私地照顾着这群天鹅，奉献着自己的爱心。

有一年秋天，渔翁夫妇离开了人世，天鹅也在同年的冬天冻死在湖面上。因为天鹅在渔翁夫妇的溺爱下已经忘记了长途飞翔的本领。

过分的爱会使被爱者养成依赖的习惯，他们因此会失去生活的能力、信心和勇气，当挫折、挑战来临时，他们只会束手无策。

过分的爱，会让我们丧失理智。太多的时候，我们把爱强加给对方，也不管他、她情愿与否，而被爱的人得到的，不是温暖，而是痛苦和恐惧。

傅雷发现幼小的儿子傅聪有音乐天赋后，即以音乐教育为中心自编教材，闭门施教。傅聪在父亲的管教下，每天上午下午，几个小时几个小时地练琴，手指弹得发酸，也从不敢松弛一下。父亲呕心沥血，终于把儿子培养成著名钢琴家，但是这种强制性的施教方式却使孩子度过了"痛苦的童年"。

儿子长大成人后，傅雷痛心疾首地写信给他说："幸亏你得天独厚，任凭如何打击都摧毁不了你，因而减少我一部分罪过。可是结果是一回事，当年的事实又是一回事——孩子，孩子，孩子！我要怎样地拥抱你才能表示我的悔恨和热爱呢！""可怜过了四十岁，父性才真正觉醒！""孩子，我虐待了你，我永远对不起你，我永远补赎不了这种罪过。"

傅聪算是幸运的，他没有被父亲过分的爱摧毁。然而，现在的孩子，正是因为被爱，被过分地爱，而正在过着"痛苦的童年"。我们现在的社会，还有多少人正是因为过分的爱而背负着太多的东西，承载着太多的期望，以致酿成个人人生的悲剧？

在学习中、生活中有很多事，都是因为过分的爱，造成了不良的后果。所以，我们要学会适度地去爱，比如说，不要对所养的宠物太溺爱，也不要让爸爸妈妈为我们包办了洗衣服、做饭甚至做作业这些自己力所能及的事情。要及时学会自力更生，自己能做的事就自己做，当一个自食其力、对家庭和社会都有用的人。

别让善心结出恶果

鸟以为把鱼举在空中是一种慈善的举动。

——摘自泰戈尔《飞鸟集》第123篇

　　帮助别人，快乐自己，这是人们对帮助别人的一种认识。但是，有些支持会适得其反！就像这首诗中的鸟儿要把鱼儿举在空中，这样的帮助其实是伤害，好心做了坏事！

　　中国谚语里有句"抱着干柴来救火"，这样救火行为只会让火烧得更猛烈，会造成更大的危害。形容的就是帮倒忙的人，他们的帮忙只会适得其反。英语里也有类似的谚语——"The kiss of the death ."给死人的亲吻，而死人是不需要亲吻的。这些谚语都告诫我们：在帮助别人的过程中，要顾及他人的感受，了解他人的真正需要，从实际出发，找到可行的方法。

　　小雪和她的一些同学想帮助班里一个家庭很困难的宫海同学，为了帮助他，她们几个同学连校外补习班的课也没有去上，偷偷在校园里举办了一个"爱心捐赠"活动，引来了很多同校同学的关注，自然这次活动也是很成功的。

　　可是当她们几个兴高采烈把她们的筹来的钱送到宫海手里的时候，宫海睁大了眼，问："这是干啥？"当小雪把原因告诉他的时候，他很生气地把钱扔回小雪手里，并大声说："你们这样做经过我的同意了么？你们有没有考虑过我的感受，有没有想过我愿不愿意接受？你们这是侵犯我个人的隐私权！"然后很生气地走了。这下轮到小雪她们目瞪口呆了，其中一个同学忍不住说了一句："这人有毛病呀？我们好心帮他，他非但不领情，还说我们侵犯他个人隐私权！"几个女孩子在疑惑中也气鼓鼓地走了。可气的是第二天，在教室里，宫海当着全班同学的面，声明从此和小雪她们几个断绝来往，这让几个女孩子更是疑惑不解。放学了，几个好心的女孩子相约一起来到小雪家，说一定得把这事给弄明白了，可是经过她们几个的左思右想、冥思苦想，还是不得其果。这时候小雪的爸爸夏东海从外面回来了，看到几个女孩子一脸的苦闷，就问她们怎么啦？这时候她们几个把心中的烦恼一五一十地告诉了小雪爸爸，可是小雪爸爸并不急着把原因告诉她们，而是让她们几个坐下来听他讲了一个他上学时候的故事。

有一次上实验课，老师从外面带回来一只小乌龟，然后把全班同学叫到一起问了一句："你们有什么办法能让小乌龟自己把头和脚伸出来呢？"

小雪爸爸这时候也用同样的问题问几个女孩子。一个说："拿点好吃的（肉之类）放在乌龟的面前，这样一来它闻到香味肯定会自己跑出来的。"当这个女孩子信心满满地看着夏叔叔的时候，叔叔却慢慢说，当乌龟跟你不熟悉的时候，它是不会吃陌生人给的东西，乌龟的安全意识特别强，它最需要的是安全。小女孩低下了头。另一个接着说："拿手或比较硬的东西在它的背面使劲敲它，当它感觉到痛的时候自然会自己伸出来的。"这时候小雪爸爸说了一句："当小乌龟感觉到危险的时候，它只会是越缩越紧的。"女孩子也低下了头。这时候小雪也忍不住说了一句："拿火烧它。"爸爸听了小雪的回答，笑着对她说："你这样或许可以达到目的，但是有可能会烧伤、甚至烧死小乌龟呀。"她们都低下了头，陷入苦思中……

这时候爸爸才不紧不慢地说出了最好的方法，拿一支蜡烛点燃放在小乌龟的旁边，当它感觉到温暖的时候自然会把头和脚都伸出来的。

其实这个故事也告诉我们：帮助别人，也要有方法。应该了解对方情况，设身处地地为对方着想，给予对方真正需要的帮助，才会起到"雪中送炭"的良好效果。

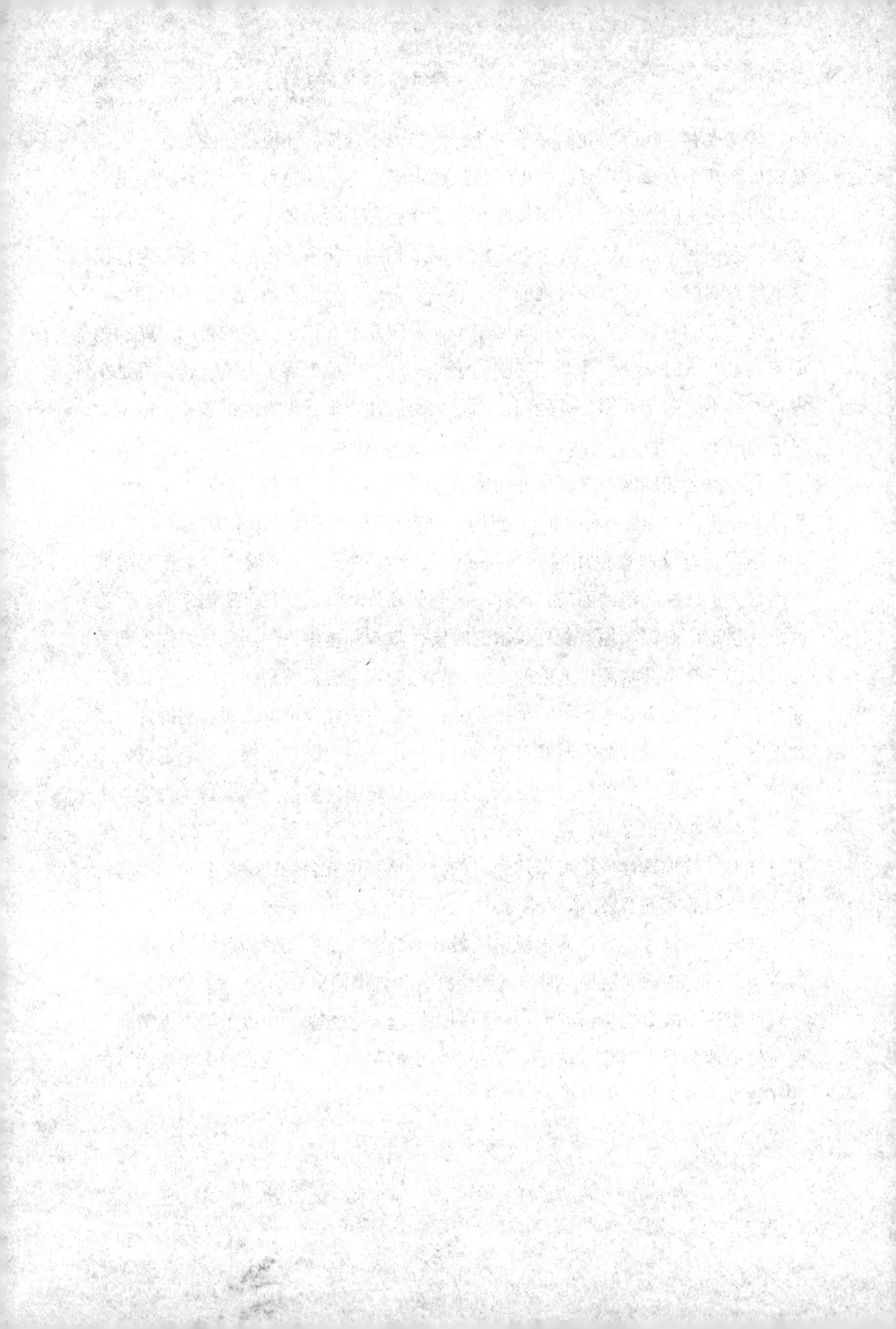